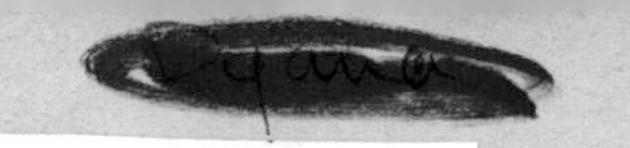

D0756846

Ana María Matute

Los soldados lloran de noche

Ana María Matute

Los soldados lloran de noche

Ediciones Destino
Colección
Destinolibro
Volumen 42

Consejo de Ciento, 425. Barcelona-9
Primera edición en Ediciones Destino: febrero 1964
Primera edición en Destinolibro: diciembre 1977
ISBN: 84-233-0243-1
Depósito legal: B. 41.197-1977
Impreso por: Gráficas Instar, S. A.
Constitución, 19. Barcelona-14
Impreso en España - Printed in Spain

Ni la Cruz ni la infancia bastan
ni el martillo del Gólgota, ni la angélica
memoria, para destruir la guerra.
Los soldados lloran de noche
antes de morir, son fuertes, caen
a los pies de las palabras aprendidas
bajo las armas de la vida.
Cifras amantes, soldados,
anónimos ruidos de lágrimas.

Salvatore Quasimodo

I

ARENA

UN HOMBRE AL QUE LLAMABAN JEZA

A finales del año 1934, un día lluvioso, festivo en el calendario, llegó a la isla un hombre llamado Alejandro Zarco (amigos, conocidos e incluso enemigos le llamaban Jeza), con misión de observar las actividades del Partido, poco floreciente en aquella zona. Jeza era un hombre alto y delgado, con el cabello prematuramente blanco y ojos azules. Se dio a conocer a muy pocos: a José Taronjí y a los hermanos Simeón y Zacarías. No vino a ser activista: simplemente a analizar y reportar al Comité Central, de Madrid, con objeto de planificar un aumento de actividades. Cuando estalló la guerra, año y pico más tarde, cayeron en las primeras redadas José Taronjí, y los dos hermanos. Algún tiempo después, por medio de un hombre llamado Herbert Franz, que regresaba a su país, envió mensajes a la Central del Partido. Pedía instrucciones y enlaces. Más tarde, fogoneros, marineros, camareros de barco, procedentes de puertos italianos, recalaban en la isla y entraban en contacto con Alejandro Zarco.

Tal vez uno de aquellos enlaces fue sorprendido

por la policía. Tal vez, había montado un servicio de vigilancia en el Port, donde se celebraban últimamente las reuniones. Una tarde, la policía les sorprendió, y Alejandro Zarco fue encarcelado. Concretamente: el cinco de febrero de 1937. Lucía el sol, aún, y partían algunas lanchas de pesca. Las mujeres tendían las redes en la arena, y el agua aparecía quieta, mansa, como un animal dormido.

1

TODAS las cosas que le conmovieron caían, como lluvia de arena, dejándole seco, intacto. Se sentía granítico, pesando vanamente sobre la tierra. Al otro lado de la ventana acechaba el otoño, y el verano yacía, incoloro, húmedo. Algún fuego invisible prendía las paredes de las casas, lejos de allí.

—Hijo mío, responde —repitió el abad.

Por primera vez, Manuel le miró.

—No tengo nada que decir.

Su propia voz le sorprendió. Comprendía que estaba libre, que en todo lo que le rodeaba había una belleza remota: algo olvidado, podrido, como las caídas hojas de los árboles. Era el monasterio de siempre, el de su infancia, el abad era el de entonces, y, allí fuera, palidecía el mismo cielo.

—Manuel —volvió a nombrarle el abad—. Manuel, hijo mío.

Le puso una mano en un hombro. Volviendo ligeramente la cabeza a un lado la miró, y en aquel momento, bajo aquel levísimo contacto, se le encendió una ira menuda, feroz, como una última llamarada. Aún flotaban las palabras del abad, delante de sus ojos, como fuegos fatuos, huidizos y zigzagueantes.

(Jorge de Son Major ha muerto. Jorge de Son Major hizo testamento. Te reconoce como hijo suyo, legítimo heredero de su casa y de todos sus bienes, y exige tu presencia en sus funerales. Por fin, Jorge de Son Major ha reparado su equivocación.)

—A mi padre —dijo Manuel—, hace tiempo que lo mataron. No entiendo otra cosa, por ahora.

Dos pájaros chillones cruzaron por la abierta ventana, y el abad pareció sobresaltarse.

—Pero, hijo mío, hijo mío...

(Yo encontré el cuerpo roto y desmembrado de un hombre, como un grande y trágico polichinela, acribillado a balazos contra la arena. El gran muñeco, el trágico payaso, de pronto así, patente y claro, a mis pies, en toda su crudeza, pobre José Taronjí que me dio su apellido, gritando en el suelo mudos reproches doloridos. Su humillado cadáver. Ni siquiera el odio le podía salvar, en medio de su muerte. También tuvo miedo, en el último momento. Pobre José Taronjí, cortaron súbita, brutalmente, todos sus hilos, y ni el odio le pudo dar fuerzas para morir, huyendo por el terraplén abajo, atrapado, como un conejo.) Ahora, la ira que parecía inflamarse sobre la tierra, allí fuera, en un sol ya inexistente, le iba dominando. A él, a Manuel (a mí, al pobre muchacho que fui siempre, el pobre diablo atrapado, también, que fui siempre. Atrapado, ésa es la palabra. La imagen, me persigue, el recuerdo de José Taronjí, con la boca y los ojos vidriosamente abiertos y su seca sangre sobre la camisa, de bruces, en la arena, como buscando amparo contra la panza de la barca. No lo he olvidado).

—Hace tiempo que le mataron —insistió. Pero esta vez su voz le sonó blanda, incolora—. No sé a quién he de ir a honrar en sus funerales.

La mano del abad pesó más en su hombro. Estaban sentados, como tantas veces antes, frente a frente, entre las paredes encaladas, bajo la negra cruz de cedro. *(Manuel, el señor de Son Major te distingue con su aprecio. Hoy te ha enviado un nuevo paquete de libros. Da gracias a Dios, de que este noble señor te distinga tanto.)* Una burla indómita y pueril, como una pequeña pelota de niño, saltaba de rincón a rincón.

—Siempre fuiste bueno, Manuel. Yo nunca perdí mi confianza en ti, tú lo sabes.

Manuel buscó sus ojos, con fría curiosidad. (Yo no conozco a este hombre.) Los ojos pardos e irisados, en el rostro menudo, y manojos de arrugas, nidos de tiempo, en torno a la boca. Desde la barbilla, descendían dos surcos hondos, cortados en el escote del hábito.

—¿También cuando me llevaron al reformatorio?

—Todos expiamos culpas ajenas —dijo el abad—. Todos los elegidos. ¿Ya no te acuerdas, Manuel? ¿No era hermoso, acaso, Manuel? Recuérdate a ti mismo, aquí, en este lugar, hijo. Cuando yo te decía: "Quizá te eligió el Señor, para purgar las culpas de la tierra". Sí, Manuel, tú siempre fuiste bueno.

(Un desconocido. La celda blanca, el Cristo, los nidos vacíos colgando en el alero, sobre la ventana abierta, son más familiares que él.) Un largo estupor, invadido de gritos de pájaros, de voces de muchacho y olor de hojas quemadas ascendía. (Pero mi padre ha muerto. Yo lo recogí del suelo. Pobre José Taronjí, la muerte te dio tu verdadera medida.)

El invisible fuego de septiembre prendía el claustro, las aterciopeladas hojas que no mueren, como un sordo canto de la tierra.

—Hablo de tu verdadero padre, Manuel. Gracias a Dios, hijo mío, se hizo justicia. Yo te he sacado de allí, y te aseguro que no volverás. Prepárate a ser digno de tu nombre...

La sonrisa de Manuel detuvo sus palabras.

—Mi padre fue asesinado por los hermanos Taronjí, sus parientes —repitió, con maligna tozudez—. Ése me dieron como padre. Yo lo recogí en la barca de doña Práxedes, y lo llevé a casa. Mi madre lavó el cuerpo, la sangre... También lo peinó. Me acuerdo muy bien. Fue al armario, sacó una camisa limpia, y le quitó los zapatos. Al día siguiente, nosotros mismos lo enterramos. Lejos, donde no pudiera ofender a nadie.

El abad cerró los ojos y cruzó las dos manos sobre su vientre. Un temblor leve había aparecido en las aletas de su nariz.

—Baja, Manuel —dijo—. Fuera de estos muros, donde ninguna mujer puede entrar, alguien te está esperando. Ve y sé piadoso con ella.

(Ella.) Desde hacía tiempo, no sabía desde cuándo, si desde aquel mismo vientre donde empezó a latir, o desde ahora mismo, en que acababa de hablar el abad diciendo: "sé piadoso con ella", un oscuro rencor le invadía, antiguo y secreto (tal como debe sentirlo la tierra contra las mil formas que la hieren y la mortifican, y a las que alienta a un tiempo). Un rencor pasivo y sin furia, no exento de amor, le transformaba. Él vio a los árboles mudar las hojas, y desprenderse de su corteza; también és estaba despojándose lenta e inexorablemente de su crédula infancia, del último sopor del sueño. (Este rencor pasivo y sin odio, sin consecuencias siquiera, que antecede tal vez al amor humano, o al odio, que brota con la mágica regularidad de las estrellas o la hierba.) Ella, a quien nada podía reprochar desde su conciencia humana, pero que era él mismo, su carne, sus huesos, su conciencia, un vivo y alentante reproche. (No soy un buen muchacho. Soy un erróneo e indisciplinado muchacho que no sigue las leyes, ni las honras, ni los lutos, ni la alegría, ni la lógica y decente cobertura de los intachables que viven aquí. No soy un buen muchacho, soy un rebelde a la violencia y a la mentira que bondadosamente cubren las culpas, la vergüenza y el malestar de la tierra. No soy un buen muchacho, soy un indecente adepto de la verdad, soy un inmoral destripador.) Hacía mucho tiempo que no lloraba. Aunque casi nunca lloró (una vez sí, me acuerdo bien, cuando inopinadamente llegaron los vencejos a la puerta abierta, y gritaban que la vida estaba despertando, y yo no lo sabía, y tenía sólo diez años y leía historias que pretendían definir la *verdadera vida*, muros afuera, y llevaba un pardo sayal, y los otros muchachitos se burlaban de mi pelo rojo de judío, y el abad dijo *Jesucristo tenía también el pelo rojo*, y los niños enmudecieron y yo me sentí enfatuadamente elevado, como un globo a punto de estallar entre las nubes, y me tragué el cebo de la bondad, como un estúpido y gordo pez se traga el gusano de su propia muerte). Miró al abad, el hombre que, quizás hasta aquel momento, respetó más en su vida. El abad hablaba ahora de la muerte de su padre. De la muerte. (Pero ningún hombre es respetable, ni aun los santos, ni aun los locos, ni aun los niños que juegan con piedras junto a los pozos, gritándose unos a otros la guerra, con inocente crueldad, sedientos de un heroísmo que no conocen. Nadie es respetable hasta ese punto, aunque se anuncie la paz, el amor y la *verdadera vida*.) (¿El amor? ¿qué amor?) Todo se había despedazado, todo era seca, crujiente lluvia de arena sobre y en torno a uno mismo, sin hollar, ni quemar, ni humedecer, ni dejar huella alguna. Arena que regresaba a la arena y se quedaba así, tendida y asombrada, dejándose devorar y devolver a la playa, con regularidad exasperante. (El abad decía: *la muerte es la resurrección*. Y yo no sabía nada de la vida, ni de la muerte; sólo de un oscuro y tímido respeto hacia los hombres de mi casa: a José Taronjí, que no me quería; mi madre; los niños Tomeu y María. Muerte y resurrección, ¿qué podían ser, entonces? Cálidos y dorados fantasmas sobre la parda corteza de la tierra, sembrada de raíces y luciérnagas. En el centro del claustro hay una fuente con anchas hojas húmedas, y el abad decía: *Manuel, la muerte es resurrección*. Y llegaba el día de la Resurrección del Señor, y las campanas volteando, y los frailes con sus largos hábitos suavemente empujados por el viento de abril, y el abad llevaba sus oscuras hojas de laurel, aún con temblorosas gotas, en la mano derecha; y me besaba a mí, y a todos los muchachos, uno a uno, en la frente, y decía: *Cristo ha resucitado*; y al lado brotaba el olor de la primavera empapado de podredumbre, y el hermano jardinero barría las hojas que un vendaval inopinado arrancó de las ramas; y todo estaba empapado aún de la recientísima tempestad, parecía que aún estaban ocultos debajo de la tierra los relámpagos, los enormes y blancos estallidos del cielo, que nuestros oídos de niño aún podían presentir; el trueno que rodaba y se precipitaba hasta el fondo del mar y las montañas, alentando bajo nuestros pies descalzos, en el huerto. Reverberaba la primavera, hermosa y excesiva como la cal al sol, la tierra que podía cavarse y descubrir hediondas y gelatinosas materias, gérmenes de una vida que aún aterraba. El claustro, en cambio, olía a canela, como el pastel del Sábado de Gloria, hacia el que se tendían las manos y las escudillas de barro de los niños —hijos de pescadores y campesinos que deseaban instrucción, a costa de sus rapadas cabecitas y sus ojos bajos—; y algo antiguo y místico brotaba de la fuente en el centro del claustro: un punto más, y todo, dulzón y turbio como incienso, olía también a podredumbre, como el corazón de la tierra. Era primavera, y podía leer a las *horas punta* y *él* me había enviado sus libros de viajes, siempre, sus libros de viajes, sus cartas marinas, sus locos sueños de islas —*un trato especial y de mucho agradecer*— ah, sí, aquellos libros turbadores que hablaban de la ruta de las especias, y cabalgaban nocturnas caravanas de barcos a toda vela sobre un mar de arena, sedienta y fosforescente. Y la vida mugía como una vieja vaca, más allá de los claustros y de los pobres niños que querían ser buenos, y yo, envuelto en mi sayal pardo, me decía, con la rama de olivo entre los dedos: *resucitar es la gloria, la muerte es la vida.*)

Manuel se puso en pie. (¿Por qué ni siquiera me conmueve la evocación de la infancia, que, de algún modo, es feliz siempre? Un seco desierto delante de los ojos. Huellas de pisadas en la arena, espectros de pasos que fueron, fáciles a huir con el primer viento.)

—Cuando te llevaron al correccional —dijo el abad—, yo me dije: algo horrible está ocurriendo, algo que, ni siquiera yo, puedo alcanzar. Pero, Manuel, hijo mío, los caminos de Dios avanzan entrecruzados, senderos de sombras y de luz que nosotros, los pobres mortales, nunca comprenderemos.

Era otra vez la misma voz, los mismos conceptos, los mismos gestos. (Todo viejo, perdido, desvirtuado.)

Arena. Nada.

—Baja —dijo el abad—. Cruza la puerta, sal. En la explanada está tu madre, esperándote. Sé piadoso, Manuel, con una pobre mujer.

2

UNA pobre mujer, entrada en años ya (marchita belleza ásperamente pagada), con la cabeza envuelta en un pañuelo negro. Dos años no bastan, quizá, para que un cabello de mujer vuelva a su primitiva belleza, después de ser rapado. Una pobre mujer.

(Las mujeres la arrastraron hacia la plaza. *Porque se ha insolentado.* No puedo imaginar, ahora, su insolencia, sólo el brillo de los ojos, de un azul-verde encendido, en su rostro asustado y blanco, inexpresivo bajo el miedo, en el sol impío de la plaza. El sol que devastaba a la hierba y a los hombres, que secaba los insectos y volvía ceniza las hojas caídas de los árboles.)

Estaba fuera, en la explanada, bajo el último sol del verano, sentada en uno de los bancos de madera que instalaron los campesinos para cuando subían de romería con sus carros, y llenaban la hierba de cascotes verdes de botellas, de cirios y cintas, rosas de colores y grasientos papeles, pisoteados. Estaba sentada, mirando hacia el suelo, con las manos cruzadas sobre las rodillas.

Cuando iba a casa, por Navidad, ella me esperaba a la puerta del huerto, en nuestra casa, en el declive cubierto de almendros y olivos, sobre el mar. Tenía un vocabulario extraño, de mujer de pueblo, *mi cordero perdido, mi tesoro,* sonriendo apenas, con vaga sonrisa que más lucía en los ojos que en los labios; allí estaba, con toda la luz del invierno alrededor, entre los árboles negros, sin pájaros, sin lluvia siquiera. Abría los brazos, me abrazaba, apretándome contra ella; y el olor de la lana de su vestido, su áspero contacto en mi piel, y el vago malestar que me invadía; y mi timidez ante las expresiones de cariño, ante cualquier manifestación violenta; mi arisco estupor por todas las cosas de los hombres. Porque aquí, en el monasterio, yo vivía aparte, en una gran serenidad. Y ella, entonces, guardaba frutas para mí, también distintas, y las cortaba y les quitaba la piel, *para mi frailecito,* solía decir con su extraño lenguaje, que me desconcertaba, *lavará las culpas del mundo, con su bondad.* Pero yo no podía entenderla; y la miraba, me asombraba de ella, de su voz, de la irritante belleza de su pelo rojo, vivo como una hoguera, en torno a su frente blanca y abombada; las pestañas largas aleteando como mariposas de oro. Qué extraña me parecía, tan distinta a las otras mujeres que veía. Pestañas rubias, ojos claros, extraña criatura de manos hábiles y uñas tornasoladas, raras uñas en una mujer de pueblo. Y las mujeres del pueblo, aquella tarde, la arrastraron al centro de la plaza. *Se ha insolentado.* Y ella, que escogía las uvas negras y azules, y las oscuras manzanas de septiembre, para mí, *se había insolentado* ¿acaso su extraño lenguaje era para las mujeres insolencia?, y la arrastraron, como una cabra remisa al matadero. Había perdido un zapato en el forcejeo, y, de la media rota, asomaba el dedo blanco, casi obsceno, ridículo, en la luz áspera de la tarde, sobre el polvo de la plaza; y un hilo de sangre le caía por la comisura, porque la mujer del herrero la había abofeteado. La mujer del herrero decía: *un escarmiento,* eso había que hacer, un escarmiento con gentes así, como ella, y ella se defendía, sin esperanza, se defendía sin coraje, pero tenaz, pasiva, como un animal dulcemente terco, impávido, inocente de su misma solemnidad. Y los niños vinieron a gritarme a mi casa, y algún muchacho también: *¡la van a pegar a Sa Malene, las mujeres quieren dar una paliza a Sa Malene!;* y yo salí corriendo hacia la plaza, casi sin darme cuenta yo estaba corriendo, y vi el grupo furioso, allí en el centro de la plaza, el desordenado y violento grupo de mujeres vestidas de negro; y el herrero me cortó el paso, el olor de su mandil de cuero contra mi cara, y la dureza de su brazo, cruzándose sobre mi estómago y apretàndome contra la pared, para detener mi carrera: *estate quieto, chico, son cosas de mujeres, estate ahí, mírame a mí, soy un hombre, ¿no? ¿No soy un hombre, acaso?, pues no me meto en esas cosas de mujeres, quieto, quieto,* y me apretaba más contra la pared, mirándome, con sus ojillos pequeños en los que, de pronto, descubrí una salvaje tristeza, una desesperada tristeza que venía de muy lejos, como el odio; algo pasivo y tan hondo que el cuerpo de un hombre no puede soportar sin un infinito cansancio. Y a ella le quitaron el pañuelo de la cabeza y deshicieron su trenza, que llevaba arrollada en un moño, que yo vi tantas veces hacer y deshacer, siendo muy niño, cuando aún la contemplaba sentado en la cama, y ella se peinaba en un despacioso y pueril rito; algo tan bello y todos los días nuevo, parecido al quehacer de los pájaros en el alero del tejado. *Ten piedad con esa pobre mujer,* acaba de decir el abad. Pero es posible que la piedad la sorprenda, porque, a mi entender, nadie tuvo nunca piedad de ella. Y de un brutal empujón la doblaron de rodillas en el suelo. Risas y gritos, y una ácida alegría, implacablemente femenina; trajeron unas tijeras grandes, de esquilar ovejas, y había un par de niñas, también; una de ellas se llamaba Margelida, con una negra, gruesa y brillante trenza sobre la espalda, ojos redondos y escrutadores, llenos de sedienta curiosidad; tendría doce o catorce años, y agresivos pechos empujando su blusa azul, demasiado estrecha, y piernas macizas e impacientes; y la otra, más pequeña, como un perro menudo, detrás de ella, y las dos chillando, con chillidos de filo contra la piedra de la rueda, se llevaban entre los puños cerrados, como serpentinas de oro, la trenza de la pobre mujer por la que ahora yo debo sentir piedad. Como cintas brillantes al sol, aquellas dos niñas se llevaban el amoroso trenzar y destrenzar que yo contemplé en un tiempo —quizá tenía tres años, o cuatro, a lo sumo—, sentado en la cama, cuando ella se reflejaba en el espejo negro de la cómoda. Y mientras las niñas se llevaban los encendidos mechones en los puños, veía yo los brazos de ella, en otro tiempo, en alto sobre la nuca; y al sol, como polvo de oro, y su boca erizada de horquillas negras, que me atemorizaba, mientras que ella se reía, entre dientes, y yo no entendía lo que me decía, pero las púas negras entre sus labios eran el anuncio de algo feroz y gratuito, bajo aquel mismo sol que, de pronto, se había vuelto hembra, voraz como un ídolo, carnicero y ultrajado como las mujeres de la plaza. *Nadie es bueno,* decía el abad, *el santo más santo peca siete veces al día;* mientras yo, niño en sayal, iba recogiendo la fruta del huerto, junto al hermano hortelano, y me decía: *nadie es malo.* Muchacho torpe, pelirrojo como el diablo, como Jesucristo, tal como me quisieran mirar, bajo que sol o que noche, pobre muchacho que recogía legumbres y espiaba ilusionadamente el florecer de las blanquísimas gardenias en el jardincillo del abad, y corría, como un cachorro que persigue abejas, o mariposas, o un papel de plata —de esos que quedan olvidados, como necias estrellas, en la hierba, tras las romerías—, hacia el abad, y gritaba: *¡Padre, ya han asomado, ya han nacido las gardenias!*, mientras me agarraba con las dos manos a la verja pintada de verde, y notaba mi corazón, allí, en los hierros, como una campana muda. *Nadie es malo,* me decía, tras los pies descalzos y callosos del hermano hortelano, con mi capazo de rafia repleto de lechugas verdes, rojos tomates, anaranjadas zanahorias, y el color de la tierra era misterioso y atrayente como una historia. Era hermoso el mundo, con todo su dolor; porque el dolor era entonces incienso turbador; y yo creía que mis hermanos me aguardaban en alguna parte. Y el abad decía: *debéis entender que el dolor es bueno, que sólo de egoísmo está hecha la corteza del mundo.* Y allí, en la plaza, la mujer quedó al fin sola, arrodillada, golpeada, con su cráneo semidesnudo. Mechones mal tijereteados nacían de él, como hierba mal segada; allí estaba, salpicada de mechones rojos y de risas, que eran también mechones de algún fuego invisible, ininteligible aún para mí. Entonces, el herrero aflojó el brazo sobre mi estómago, y me dijo: *Anda, vete a casa. Créeme es por tu bien, vete a casa, hijo mío.* Me llamó aquel día *hijo mío,* como me llamó José Taronjí, muerto a balazos, como me llamó el abad, como me llamaba aquella pobre mujer, que se incorporaba lentamente de la tierra, primero una rodilla, luego otra, que se llevaba una mano temblorosa hacia la nuca rapada; y aquella mano se quedó un rato, perpleja, en el tibio hueco, igual que un pájaro a quien la tormenta destruyó su nido. Pero Jorge de Son Major, nunca me llamó *hijo mío*. Y ahora, ¿por qué?, ¿qué puede unirnos?, ¿qué lazo invisible llega hasta mí, a través de la muerte, ahogándome?)

Bajo la higuera, Sa Malene seguía inmóvil, sentada en el banco, encendida por el último resplandor de la tarde.

—Madre —dijo.

Ella se volvió a mirarle, tímidamente, y se puso de pie. Llevaba un pañuelo apretado en el puño derecho. Era algo tan suyo, aquella punta blanca y larga, colgando, como un ala mojada, que de un golpe le devolvió la infancia, en el declive. La abrazó en silencio, y ella levantó la mano, le tocó la cabeza, le echó hacia atrás el pelo.

—¿Estás bien?

—Sí. Estoy muy bien.

—No te he escrito nunca, porque, ¿qué iba a decirte? Además, allí no sé si te llegarían las cartas, ni si te las darían. Ya sabes... yo soy una ignorante. No hubiera podido callar algunas cosas. Ya me conoces, no sé callar a veces. Por eso...

Vio que sus ojos aún resplandecían, casi como los de una niña, en la cara marchita. Le irritaron aquellos ojos, aquella, a su pesar, inocencia casi patológica.

Era como una enfermedad, su pureza en el mal, su pasividad en el azote. Dijo:

—Déjalo, madre. Mejor así. No quería saber nada de nadie.

Ella retorció el pañuelo, y dijo, precipitadamente:

—Manuel, nunca hemos hablado tú y yo claramente, pero tú lo sabías, ¿verdad?

Levantó la cabeza y miró el cielo rojizo, sobre los árboles y la cúpula verde del monasterio:

—¿Qué madre? ¿Que José Taronjí no era mi padre? ¿Que mi padre era Jorge de Son Major?

Ella parecía asustada. Quizá porque nunca le oyó hablar así.

—Pero ahora lo reconoce —balbuceó.

—Madre, ¿ya no te acuerdas? ¿Ya lo has olvidado? Yo te traje el cuerpo de José Taronjí, y juntos, lo fuimos a enterrar.

Sa Malene levantó una manc, como para taparle la boca. Unas rayitas tenues se dibujaban en las comisuras de sus labios:

—Calla, hijo... Atiende. Atiende esto otro. Olvida tu historia.

De pronto sintió que no la amaba. (Ni a ella, ni a mis recuerdos, ni a las gardenias que florecían inopinadamente, cuando ya casi desesperaba de que apuntaran.) No amaba a nada ni a nadie. Y dijo.

—Yo no tengo historia.

(Yo no tengo historia. A un niño le dicen: este hombre es tu padre. Y lo matan. Y otro hombre lo manda llamar por su criado, y le dice: *ven a acompañar a un viejo que te quiere bien, y olvida la familia, los padres y los hermanos que te di.*

Déjalo todo, para divertir y acompañar a este pobre viejo. Olvida a tus hermanos por este pobre viejo. ¿Esto es una historia? Era un buen muchacho. Eso decían todos: *eres demasiado bueno.* Y me culparon de lo que no había hecho, y me enviaron a un correccional, porque no estaba bien visto, no era de *ellos.* Sin embargo, ahora me llaman, porque mi padre *no era* el apestado, porque mis hermanos *no eran* los apestados, porque mi familia *no es* la que el señor bondadoso me había señalado. Mi familia, ahora, es sólo el cadáver de aquel que me enviaba a su criado, como al diablo entre los olivos, para decirme: *deja a los tuyos y ven a hacer compañía a mi señor, que te quiere bien.* Libros, regalos, sueños de viajes. Me quería distinguir y enemistar. No tengo historia. Esto no es una historia, es algo feo, largo y oscuro, con cien patas, como una oruga.)

—Madre, no quiero nada. No soy nadie.

Ella dijo:

—Hijo mío: nunca te entendí bien cuando hablabas, bien sabe Dios que a veces me parecía que usabas una lengua extranjera: tal vez tienes demasiada instrucción, para una pobre mujer como yo. Pero ahora menos que nunca te puedo comprender, Manuel. Menos que nunca... Somos pobres, Manuel. Tus hermanos tienen hambre.

En aquel momento la llama se apagó, y se sintió de nuevo solo, con su indiferencia.

—Da lo mismo madre —dijo, apagadamente—. Haré lo que tú quieras.

Ella le rodeó el cuello con el brazo, lo atrajo

hacia sí. Estaba llorando, con un suspiro de alivio (me extraña ella, de la misma manera que las hojas de la higuera, o el color del cielo), y le dijo:

—Éste es mi hijo. Éste es mi Manuel.

3

En el centro se alzaba aquello negro, largo, suntuosamente macabro, levantado en alto, para que todos lo vieran. Estrecho e irreparable, a su alrededor el oro palidecía, y los artificiales soles que salpicaban la oscuridad de un lado a otro, como titubeantes arañas, eran sólo espectros de algún otro resplandor. Un almohadón de terciopelo negro, esperaba inútilmente su cabeza. Como servida para un festín, allí estaba la muerte, de la que todos debían participar.

Frente al altar, en el centro, estaba su reclinatorio, tentador y voluptuoso como un trono. Doce enormes candelabros de madera tallada, mantenían velones que ardían, callada y apasionadamente, como arrancadas lenguas. (El diablo en persona acudía a sus fiestas, envuelto en una capa de terciopelo negro, los ojos detrás de unos lentes ahumados, decía Es Mariné. Es Mariné, Sanamo, ¿dónde estáis ahora?, ¿adónde fuisteis relegados en este festín, vosotros que no le habéis dejado de amar? Pero el amor, como la aventada ceniza de los cementerios, ¿adónde va? ¿Dónde va a parar el humo del amor, las partículas invisibles y negras del amor quemado? Es Mariné, Sanamo, sólo vosotros le amasteis, y ahora nadie os ha hecho un lugar en este último banquete nupcial. Éstas son las bodas de vuestro señor, por fin el eterno solterón ha celebrado esponsales dignos de él. Historias, leyendas que me contabais los dos, viejos malvados, al amparo de un silencio que era peor que una argolla de hierro en mi cuello de niño. Malditos seáis todos, él y vosotros, por vuestras historias, por vuestros espectros de barcos, por vuestras malditas islas.) Y de allá arriba bajó el viento, lamentándose, profiriendo algo. (He oído decir que tiene fama el órgano de Santa María), un viento abrasador, algo tórrido que ardía y helaba casi sin transición (¡cuándo podré desprenderme, cuándo, del claustro, del monasterio, de las islas, del amor!), algo que era el viento empujando un enorme cañaveral metálico, por el que la tempestad de algún oscuro y devastador mundo se hubiera puesto a soplar impíamente, haciendo temblar todas las islas, haciendo vibrar la tierra y el agua. También las vidrieras, con San Jorge y los Mártires, parecían zarandeadas en aquel sonido no humano, no brotado de los hombres, sino de algún otro lugar (al que navegamos todos, aquí metidos en la nave de piedra y cristales emplomados, rubí, verde esmeralda y exasperado amarillo; en un barco espectral, un velero que no deja huella, ni surco alguno, a pesar de navegar en la arena reseca; porque sólo navega hacia eso otro alto, oscuro y terrible, que esgrimimos como una enseña, negra y cerrada. Pero ahí no está él, el que enviaba regalos al monasterio, el que enviaba historias de viajes imposibles, aquí no está él, el disciplente, evasivo, orgulloso, distante, indiferente como las palmeras que se mecían al sol junto a la tapia de su casa, aquí no está su cuerpo abrasadoramente triste, gratuitamente triste, aborreciblemente triste, el que sembraba el desorden en las conciencias de los niños, como yo, como aquel pobre y vil Borja, como aquella niña que se llamaba Matía, que han desaparecido, como desaparecí yo, y vagan quién sabe con qué rumbo, hacia qué isla de arena, como yo, crecidos, distintos, otros. Jorge de Son Major ha muerto, pero no ahora, sino hace tiempo, en las cenizas del Delfín. Ahora sólo ha regresado a la tierra, como regresan las mariposas y las nutrias muertas, las amapolas muertas y las golondrinas muertas, como toda la muerte física y bienhechora que alimenta la tierra y la vida que hollan nuestros pasos. Toda la tierra está herida por pisadas que fueron, huellas de pies que ya pasaron, piedras de algún esplendor que aún queda, como esta iglesia —¿qué manos, bajo qué orden o deseo fueron levantadas estas paredes, esas vidrieras?— y esos hombres y mujeres ahí, detrás de mí, rezando, con sus hermanos muertos, humillados y ultrajados, ahora aquí, arrodillados, pensando sólo en sus negocios, en sus obligaciones, tal vez en su muerte: la que fue, o la que será.) El viento seguía sobre sus cabezas, batiéndoles (zarandeándoles en su apatía o su miedo, su tristeza, su glotonería.)

Manuel se arrodilló (como se arrodilló toda su vida el pobre José Taronjí). Sintió la blandura del terciopelo en las rodillas, y aparecieron entonces las tres figuras negro y oro, relucientes, duras, tres grandes ídolos que avanzaban suaves, casi sin pisadas. Algunos niños vestidos de terciopelo negro, como suntuosos diablos, con largas capuchas sobre la espalda, de las que pendían borlas de oro, zarandeaban lenta y rítmicamente, como a impulsos del viento que bajaba de lo alto, sus incensarios de muerte. Un olor viejo y dulcemente marchito vino hasta él (han nacido las gardenias, me contemplo a mí mismo ahogado y flotante como un náufrago, y este aroma lo aspira mi piel, mis ojos, mis oídos. Es como un vino tactado con mi olfato, evaporado y diseminado como niebla por entre las columnas. El incienso es rojo). Las voces se levantaron entonces, en el coro, sobre y detrás de sus cabezas (es mi voz de niño, las voces de mi niñez en el claustro, rebotando como insectos luminosos en las piedras de esta nave. Los cristales emplomados, el viento en el inmenso y feroz cañaveral, los niños cantores, y esa muerte ahí, larga y negra, con su almohadón de terciopelo negro y oro, entre candelabros como árboles de oro, avanza. Avanza, avanzamos todos nosotros en el gran viento de este barco, o de este monstruo marino cuyas costillas puedo contar sobre mí, como una jaula, avanza peligrosamente, lenta y resbaladizamente, allí a donde yo no deseo ir, a donde no quise ir nunca. Por este gran mar oscuro, por el mar de bocas oscuras que se abren y cierran a mi espalda, a mis costados, por el mar de párpados hipócritamente velados, entre siseos de dientes carnívoros, pidiendo algo con destino a sus mismas fauces y colmillos. Puede ser rojo el incienso, como puede serlo el cielo, las noches que amenaza tormenta, como la luna las vísperas del temporal, siempre sobre un indescifrable mar. Un mar que me envuelve y me empuja hacia donde nunca he deseado..., y lo sé, lo sé, porque aún late en mí aquel muchacho que bajaba corriendo al huerto del declive, donde me esperaban los que me dieron por hermanos, con mis brazos llenos de paquetes y regalos de Navidad, declive abajo, gritando los nombres de mis hermanos: *yo quiero estar con vosotros, madre, yo quiero estar contigo, con él, con mis hermanos, esta es mi familia. Y ella decía: hijo eres demasiado bueno.* ¿Por qué razón era demasiado bueno? Si no lo sabía, si no me lo parecía. Si nunco lo pensé. *Nadie es bueno. Nadie es malo,* decía mi corazón de nueve años golpeando contra la verja del abad, asomado a una atónita primavera, donde el nacer de las flores blancas era síntoma de la indudable bondad del mundo. No lo sabía. Pero ahora, arrodillado aquí, lo sé. *Hijo eres demasiado bueno.* Ni siquiera eso: *nadie es bueno, nadie es malo,* palabras sin sentido). Miró a su alrededor y de súbito entendió la llamada insolencia de Sa Malene. (¿Qué importancia puede tener ser bueno o malo? El mundo está planeado de otra forma, construido martillazo a martillazo, clavo a clavo, ajuste con ajuste, de acuerdo a otro plan. Muy pronto me lo han demostrado, el mundo lleva otros rumbos, tiene una contextura diferente.) Sin pavor, sin bondad, miró a su alrededor y les vio, tal como allí estaban, arrodillados, ni mejores ni peores, arrodillados y como acechando o esperando algo que iba a suceder de un momento a otro, o dentro de mucho tiempo, o quizá sólo era un gran deseo o temor de que sucediese. A su lado, vacío, estaba el reclinatorio de doña Práxedes, prima de Jorge de Son Major. (Al menos ella, que le odiaba, ha sido consecuente, y la muerte no ha doblegado su forma de sentir y ser.) Se había excusado con su enfermedad, quizá real. En el contiguo reclinatorio, la prima de Jorge, Emilia. Apenas veía su perfil, vago y sonrosado, emergiendo del velo negro. Una masa informe, impersonal y ausente siempre, allí donde fuera. Volvió la cabeza a su derecha y algo le sacudió. Desde entonces, desde aquellos días, no los había vuelto a ver. Pero allí estaban, junto al alcalde, ellos dos. El perfil de halcón del hermano mayor, sobrepuesto, como en una medalla gemela, al perfil mal imitado, más blando, redondeado, del hermano pequeño. (Los Taronjí, el ruido de sus pisadas en las piedras, la negrura de sus guerreras bajo el sol. Los Taronjí, con el olor de las viejas hogueras en la piel, con olor de una antigua carne quemada, abrasándose sobre las piedras de la plazuela, trepándoles a los ojos y a los dientes y colmillos sedientos en la pálida cara, con el borde de los ojos oscuro, como el humo de la fulgurante y diabólicamente luminosa carne quemada, un humo graso, pegado a las ropas y a la sonrisa fría y fija y el miedo, como el terrible olor de una antiquísima carne quemada, de unos antiquísimos huesos desenterrados y quemados, de unos antiquísimos cadáveres desenterrados y quemados, con mechones de un viejo cabello podrido, emergiendo de los cráneos desnudos. Los Taronjí, con un redoble remoto trás de sus pasos, que olía a cirio entre unas manos atadas con soga; y algo que era su propio redoble, el de su grandísima venganza y la larga cadena negra de su servil sonrisa hacia el señor de Son Major, y la señora Doña Práxedes, y los Príncipes de la Iglesia. Los Taronjí, como aquella tarde de verano, con el pequeño Tomeu, que vino corriendo terraplén abajo, los labios blancos, no podía hablar, las manos levantadas hacia mí, y yo le miré, pobre Tomeu, apenas tenía once años, me decía: *Manuel, Manuel, se lo han llevado... a él y otros que traían del Port.* No podía hablar, tenía que sacudirle los hombros para que dijera algo, él quería ser un hombre en aquel momento, y me miraba a mí como al único hombre que conocía y que le pudiera amparar, a mí, que tenía recién cumplidos dieciséis años, iba diciendo a golpes: *Los Taronjí, ¿quiénes, Tomeu, quiénes? Los Ta-*

ronjí. Un nombre que segaba el calor y la sombra, el sol y el blando fluir de la respiración; cuando fui a ella, y la vi echada sobre la cama, un brazo sobre los ojos, le dije: *No tengáis miedo, nada malo le va a pasar, sólo querrán interrogarle.* Pero ella levantó la cabeza, y en sus ojos había una desesperación antigua y fija, que me subió pecho arriba, y me exasperaba. Ah, los Taronjí, pasando por las callecitas silenciosas, a la hora muerta del sol, cuando el pavor de sus pisadas penetraba por las ventanas, y los hombres y las mujeres detenían el quehacer, las manos en alto, y enfriaba la sonrisa y levantaba el miedo y sólo los perros se atrevían a ladrarles de lejos, como el perrillo de José Taronjí, que salió a la carretera, y su aullido era largo y ululante y retador como el presagio de una cruenta venganza, que algún día estallaría.) La alcaldesa, el alcalde, los concejales, a su izquierda y derecha, de pronto el hermano con todos ellos, bajando la cabeza frente al incienso del mundo, como si ya no se oyera en alguna parte el crepitar de los calcinados huesos y el ululante grito del perro que profería su protesta, con los globos de los ojos encendidos. Como si nada de todo aquello ardiera todavía, en algún lugar, en alguna conciencia, permanecía arrodillado en el reclinatorio que esperara domingo tras domingo, vanamente, en la iglesia, la presencia de su dueño, Jorge de Son Major. Estaba allí, en el heredado reclinatorio dorado, que le pertenecía ya con toda su magnificencia pasada; y presidía la gran farsa, él (¿qué estoy yo haciendo aquí, cómo puedo yo estar aquí, así, arrodillado, a quién honro yo? Yo iba ya en el vientre de Sa Malene cuando él la despidió de su casa y la casó con José. Yo iba en el vientre de Sa Malene, cuando José la llevó a su casa; y cuando yo nací él se inclinaba a mirar mi sueño, tal como Malene me decía: *te miraba dormir muchas veces, cuando se quedaba tanto tiempo trabajando, de noche, y cuando tuvo esas ideas que le habían entrado últimamente, con Zacarías, Simeón y todos ellos; una vez tú dormías, él te miraba, y dijo: sería curioso que fuera éste quien me vengara un día,* y, ahora, él está debajo de la tierra, mezclándose a las cenizas de tantos como él, clamando desde el suelo, y yo estoy arrodillado aquí, ante una muerte que nada trae a la gran confusión, a la gran sed que me consume. El pueblo entero está aquí, ese mismo pueblo pisoteado por ellos, mezclado al pisoteador, todos están aquí, de pronto, como yo mismo, detrás de mí, acechante y espectante pueblo, manso y turbio dragón que aguarda algo, ahíto en parte, en parte hambriento. Algo que tal vez no sabe todavía lo que es, porque la sangre corre aún por sus colmillos, pero hay curiosidad en sus ojos, y la fácil emoción, la turbia excitación de la música del órgano y las angélicas voces de los niños. Sí, ahí están todos, corruptores, corrompidos, avasalladores y avasallados, destructores y destruidos, opresores y oprimidos, juntos y arrodillados como yo, especulando con algo, con alguien. ¿Cuándo acabará esto? ¿Quién se levantará contra esto? Muerte, nada más, aquí, en unos y en otros, sofocante hedor de cirios, incienso y humanidad apretada bajo el vendaval del órgano, ante la muerte del gran indiferente. Especulando, sentándose a la puerta de sus tiendas, para comerciar con algo: hasta con el propio dolor y la propia humillación, ¿dónde están los hombres?, ¿dónde los gritos de los hombres?, sentados, esperando la hora de su botín, fácil y oportunamente. Especulando con las voces de los niños, con la música, con el oro prohibido de la iglesia. Conmigo también.)

Manuel se levantó. Sin prisa, a pesar de que sentía todos los ojos fijos en él, excepto la lejana ceremonia de las tres arrogantes figuras de oro y terciopelo negro, que se movían suavemente en el altar, con sus cortesanas y delicadas reverencias de uno a otro, y levantaban suavemente sus vestiduras para colocarlas con gran tacto sobre el respaldo de sus bancos. Impávidos, proseguían su rito mortuorio, sus voces que traducían los gritos angustiados de los muertos, mientras él se volvía lentamente hacia el pueblo y avanzaba entre ellos, partiendo la marea; y fue derechamente hacia la puerta cerrada, tapada con terciopelo negro y oro, entre las llamas de los doce grandes candelabros. Sólo las llamas parecían lenguas cercenadas que desearan gritar alguna cosa, como empujadas por la sacudida tormenta del gran cañaveral. Avanzó sin decir nada, ni volver una sola vez la cabeza hacia el terrible festín, hacia aquello negro, cerrado, cruento, que se alzaba en el centro de la nave. (Afuera está el sol. Tras esa cortina y de las rosas de hierro de la puerta, está el polvo donde tuve tanto que sufrir. Ahora, ya, el sufrimiento de un niño, de un pobre muchacho abrumado, no tiene remedio; el vagar de un niño que pedía trabajo de puerta en puerta no tiene remedio; no tienen remedio las puertas que se cerraban a mi paso, los brazos que se negaban a ayudarme; nada de todo eso, tiene ya sentido, ni emoción alguna para nadie.) Se paró un instante frente a la cortina. En aquel momento la música cesó. Una voz grave, se alzaba como una espada sobre el mar. Alguien se incorporó en los bancos, se volvió a mirarle. (Es como el rumor del mar, cerrándose detrás del barco, como el correteo de las ratas en el interior del barco.) Algún siseo bailoteaba en sus oídos. Corrió la cortina con firmeza, abrió la puerta, pesada y crujiente, y el sol, como un animal que hubiera esperado demasiado tiempo, entró de un salto. El oro pareció apagarse, y la espada de voz negra y alta, se quebró. Una rata grande, gris, arrastraba blandamente su vientre hacia la pila bautismal, cegada por la luz del sol. Luego, la puerta se cerró, de nuevo, a su espalda.

La fuente seguía manando. La callecita empinada, las escaleras de piedra. Se fue de allí, buscó el sendero que llevaba a las afueras, más allá de la casa del alcalde, hacia el encinar. Y de pronto, al dejar atrás las paredes de las casas, las ventanas y las huertas, al quedarse a solas con el cielo y los lejanos árboles, echó a correr. Con pavor salvaje, con hormigas rojas recorriendo sus arterias, con un miedo deshumanizado que le hacía temblar y sudar. Algo, como un oscuro mugido, le seguía. Hasta que de nuevo, después de tanto tiempo, se halló entre los árboles. (Viejas amigas, impávidas y consecuentes, aquí están las encinas, como siempre.) Allí estaba José Taronjí, muerto, debajo de la tierra. Entre aquellos dos troncos, donde la luz entraba sin herir (sus huesos maltratados, pobre residuo, enorme polichinela olvidado en un estercolero).

No se acercó a la tumba. Miraba desde lejos el trozo de tierra, donde de nuevo crecían los cardos, la maleza, las flores malva y blanco del bosque.

4

MOSSÉN Mayol dijo:

—Yo me ocuparé de todas tus cosas, Manuel. No tienes que preocuparte. Ven aquí, hijo mío.

Otra vez: hijo mío. De pronto todo el mundo le llamaba así. Mossén Mayol le miró desde lo alto de sus ojos de oro:

—Comprendo tus sentimientos —continuó—. Pero has de hacer un esfuerzo y aprender a llevar esta carga sobre los hombros. Vamos, muchacho, no temas, ven conmigo.

Otra vez, ante la verja cerrada de Son Major. Las anchas hojas de las palmeras se agitaban, bajo el viento. Se oía el mar en el acantilado. (El viento, siempre, azotante, como un persistente fantasma.)

—Por favor —dijo Manuel—. Quiero estar solo.

Cogió la llave de manos de Mossén Mayol, y descubrió el ofendido estupor de sus ojos. Empujó la puerta, y entró. La grava crujía bajo sus pies. Allí arriba estaba el balcón cerrado, los cristales (brillando, encerrando una sombra sin cuerpo). Sanamo apareció en la esquina de la casa, vestido de un negro verdoso. En su indescifrable gorra de marino, brillaba una piedra azul. Se acercó corriendo, como solía, con sus pisadas de viejo duende:

—Manuel, cervatillo querido, dulcecito mío, por fin vienes a tu casa. ¿Te acuerdas, cariño? ¿Tienes buena la memoria para el viejo Sanamo, o me echarás a latigazos?

—¿Dónde andabas? —dijo Manuel.

Mossén Mayol, carraspeó:

—Bien...

Le miró (es un viejo y olvidado retrato):

—Adiós.

Mossén Mayol dio media vuelta y salió. Sus ojos tenían un encendido brillo, como el cobre bruñido.

—Ahí va —Sanamo le señaló con el dedo. Corrió sigilosamente y apoyó la cara en la verja, para verle bajar por el camino del acantilado—. ¡Ha comprendido! El señor no quería verle por aquí. Manuel, pajarillo mío, te has vuelto un poco brusco.

Subieron la escalera, uno junto a otro (como dos muchachos amigos, que vuelven de la escuela).

—Antes eras un panal.

—Sanamo —dijo—, ¿quieres dejar de hablarme así?

—¡Ay!, ¡ya no eres un niño!

—Pues no lo olvides.

Sanamo se echó a reír.

La casa olía a madera encerada. Con sus fundas blancas, los muebles viejos eran espesos y concretos fantasmas, pesando sin misterio sobre la alfombra. Los retratos de la familia; uniformes azules y oscuras levitas, condecoraciones rojas. Estatuillas de jade y marfil. Manuel se llevó la mano a los ojos.

—No llores —dijo Sanamo—. La vida es esto.

—¿Quieres callar de una vez? No estoy llorando.

—¿No lloras?

—Estoy horrorizado. Nada más.

—¡Cómo hablas!

(¿Cómo puedes entenderme, Sanamo? Tengo miedo por lo que estuve a punto de ser.)

Sanamo se encogió de hombros y abrió los brazos. Luego corrió a descorrer las cortinas. (El espeso rumor del terciopelo, la luz rosada sobre la purpurina de los marcos; el piano de cola, viejo y astuto paquidermo, acechando en la sombra; la lámpara de cien bujías, las telarañas que brillan, casi de oro, otra vez ante mí.) Las rápidas pisadas de Sanamo hicieron tintinear los cristalillos venecianos. Sanamo empezó a palmear los almohadones, como una mujer que azota a su hijo. Dijo:

—Aquí he venido todos los días, a rezar. A mi modo, ya sabes. Yo tengo mis oraciones.

—¿No fuiste al funeral?

—No, ¿para qué? Estuve aquí, con la guitarra.

De los almohadones brotó un polvillo picante y evocador. (Aquí llegaba yo, por Navidad. Me vestía el traje azul marino con botones de plata, que él me envió. Dejaba el sayal y las sandalias en el monasterio, y él me invitaba a comer. Entraba el sol, aquí, en esta sala, y yo deseaba saber tantas cosas de él, de sus estatuillas y dioses paganos, de sus fanales con asfixiados veleros, y sus buques apresados, en una maligna botella de cristal. *Padre mío, ¿por qué me has abandonado?*)

—Y tengo muchas cosas que enseñarte, hijo del halcón —hablaba Sanamo—. ¡Príncipe de mi casa, corazón mío!

—Sanamo, basta, no me hables así. A él podía hacerle mucha gracia, pero a mí no.

Sanamo crujió por los rincones, abriendo postigos, de puntillas, como un gnomo. Su risa se confundía con el chirriar de los goznes. (Viejo maligno, cómo te temía y te amaba yo, también a ti, oscuramente, cuando inventabas canciones. ¿Adónde fue a parar tu gorro bordado de Corfú, con su larga borla? Tú me envenenabas con tus cuentos, como él con su silencio. Atrapados, todos, aquí, fanales turbios, verdes botellas vacías, pobres veleros sin viento, ya está hecho mil añicos el cristal, ya han rodado las velas, ¿cómo se puede hacer todo eso con un niño? El veneno de la mentira es más dulce que el de la verdad. Estoy renaciendo del maléfico conjuro. Viejo pervertidor de corazones inocentes, debes cambiar tu lenguaje.) Manuel se sentó en el diván con flores blancas y amarillas de la India (entonces olía a almizcle y mirra), y empezó a reírse. Sanamo corrió hacia él, con los brazos extendidos:

—¿Te acuerdas del príncipe encerrado, el del turbante de plata, destinado a morir? Cortó el melón con su puñal de oro, y el mismo puñal cayó sobre su pecho y le partió el corazón. ¡Cómo te hacía llorar, de niño!

Manuel seguía riendo, las manos en las rodillas, la cabeza baja. Era una risa sin ruido, que sacudía sus hombros como un invisible relámpago.

—¿Te acuerdas de nuestras historias? Mira, tú venías ahí fuera, al jardín, te sentabas con las piernas cruzadas y decías: *Cuéntame, Sanamo, ¿qué pasó después con el príncipe?* Ay, yo hubiera querido decirte: *El príncipe eres tú,* pero tenía miedo de que el halcón me oyese. No tenía permiso para revelar secretos. Manuelito, tengo miedo, yo también. Me acuerdo de aquel puñal de oro, el que le partió el corazón al pobre muchacho.

Manuel seguía riéndose. Se llevó la mano a los ojos. Era una mano morena, poderosa.

—Tengo miedo —repitió Sanamo.

Manuel se quitó la mano de los ojos y le miró. Sanamo retrocedió un paso.

—¡Tus ojos son dos fieras...! ¿Qué te han hecho, Manuel? ¿Adónde te llevaron, que te han cambiado de ese modo?

—Trae vino.

Sanamo desapareció y volvió con la botella y dos copas:

—¿Me dejas beber a mí también?

—Tú haz siempre lo que te dé la gana, Sanamo. También lo hacías antes, ¿no?

El vino se levantó, rosado, dentro de las copas. Sanamo chascó la lengua y empezó a runrunear una cancioncilla. Como la estela de un barco, Manuel la siguió, en el recuerdo. Bebió.

—¿Te hacían trabajar mucho?

—Estoy acostumbrado.

—¿Eran duros?

—Como todo el mundo.

—¿Qué era lo peor? ¿Estar encerrado?

(Lo peor, estar pagando un error.) Se encogió de hombros, y Sanamo llenó otra vez las copas.

—Tu madre... —dijo con vacilación—. ¿Va a venir a vivir aquí, también?

Un odio sumiso tembló en la voz del viejo. (Siempre la aborreció, a mi madre. Y a mis hermanos. Qué rara y podrida fidelidad, la de éste.

Todo es consecuente aquí dentro. Sólo yo, como una flecha disparada fuera del blanco, lanzada con fuerza, desviada. Sólo yo, lanzado lejos, ahora, por fin.)

—No. Nadie va a vivir aquí, excepto tú. Estate tranquilo, ninguno de nosotros te molestaremos.

Sanamo cayó de rodillas. (Es rara su agilidad, aún.) Le rodeó las piernas con los brazos.

—¡Tú no, tú no! —chilló. Vio sus desesperados ojillos inundados de una mezcla de pánico y salvaje alegría—. ¿Cómo vas a vivir tú lejos de aquí? ¿Dónde vivirás?

—Aquí no.

Sanamo deshizo el abrazo de sus rodillas, mirándole desde el suelo.

—¿Dónde vas a vivir?

—Donde siempre, en el declive, con mi madre y mis hermanos. Pero ahora ellos no tendrán hambre.

Sanamo se encogió de hombros.

—¿Qué quieres? La mayoría del mundo pasa hambre. Siempre fue así. También yo, pasé mucha hambre, de niño. Mira mi cuerpo, ¿crees que he crecido normalmente, crees que me desarrollé y crecí como debe ser? Era una ruina, cuando él me enroló.

Seguía diciendo *él*, con un significado inconfundible, casi eterno.

—Adiós Sanamo.

—¿Adónde vas?

Le siguió con una prisa extraña, no podía precisar si con impaciencia porque se fuera, o con pena de que le dejara.

—¿Volverás? Tengo que enseñarte una cosa, algo que era del señor, y a ti te gustará. ¿Sabes? Ultimamente había comprado una barca, otra vez. ¡Qué belleza!

—¿Dónde está?

—En el Port. La tiene escondida Es Mariné, en el embarcadero. Ya te acuerdas, bajo la terraza... Ahora está eso muy controlado. Pero a él le estaba todo permitido. Y yo me pregunto, ¿qué vamos a hacer con ella, ahora? No creas, es una bonita barca mallorquina, con motor, muy capaz... Aún dábamos algún paseo, juntos. Unas veces iba conmigo, otras con Es Mariné, o solo. Pero ahora... ¿qué te voy a decir? La guerra termina, casi se puede decir que está acabada, ganada, y esas cosas han perdido gravedad. Yo creo que a ti también te dejarán salir con ella, porque tú, ahora, eres su hijo único, real y verdadero.

Manuel se había quedado inmóvil, y Sanamo se alarmó:

—¿Qué te pasa? ¿Por qué me miras así? ¿He dicho algo que pueda ofenderte?

A las tres y media de la tarde salió en la lanchita de Sanamo, y hacia las cuatro llegaba al Port. A la derecha, quedaba la playita de Santa Catalina, con sus barcas abandonadas. Contempló el brillo del sol sobre las conchas doradas, las pitas y los juncos verdes. No era solamente el cementerio de las barcas, sino de algo, algo que durante mucho tiempo guardó en la memoria y que ahora yacía mudo, muerto, apresado en la sequedad de la arena.

Allí estaba, la costa rocosa y poblada de grutas, las casitas casi superpuestas, sobre el embarcadero, con sus largas escalerillas de madera, negras de tanta humedad. (El Port, tantos recuerdos, José Taronjí, Jeza y los hermanos Simeón y Zacarías.)

Más apartada, adentrada en el mar, sobre un saliente de la roca, la que fue en un tiempo una hermosa casa, "El Café" de Es Mariné, apareció de nuevo a sus ojos. Sólo quedaba el lujo de la balaustrada, rosada, larga, en la amplia terraza de belleza destruida. Las paredes manchadas, nombres raspados a punta de navaja. Nombres de muchachos, de hombres, que se reunieron allí a beber, jugar o comer, antes de ir al trabajo, o a planear riesgos en una tarde lenta de domingo, con el polvo levantándose en la lejana senda de los carros. (El café de Es Mariné, donde se reunían los hombres a charlar, beber vino y jugar a las cartas, las mañanas del domingo, las noches del sábado. Nido de contrabandistas, pescadores, muchachitos soñadores que grababan su nombre en la pared, con un vago deseo de perpetuidad.) En el pequeño embarcadero de Es Mariné, bajo la gran terraza abovedada, decía Sanamo que guardaban *la Antínea*.

Amarró la lancha y saltó. Dos mujeres, sentadas en el suelo, manipulaban en sus redes, rojizas bajo el sol. Un perrillo husmeaba entre la basura, por sobre las rocas. Olía a pescado podrido, a estiércol. Alguien colocó una hilera de viejas macetas, de donde brotaban geranios escarlata. Las mujeres estaban descalzas. Contempló los pies tendidos de la más joven, sus plantas cruzadas por innumerables surcos. Eran unos pies oscuros, casi negros sobre la arena. Trepó por las rocas, hacia el café de Es Mariné, y, de pronto, le pareció retroceder en el tiempo (un enorme salto hacia atrás, y alcanzó en el aire el cabo suelto bamboleante e indeciso, de un instante mecido en el tiempo, y me regrese). Pero en todo estaba presente una realidad dura, áspera, que resaltaba las cosas, el paisaje, en contornos casi dolorosos. Empujó la puertecilla de cristales, le invadió el olor a moho y embutidos, a aceitunas. La tienda-café-refugio-cubil de Es Mariné, su vivienda, su pasado, su presente, estaba allí. A la derecha, el largo mostrador de madera, los rollos de cuerdas, las jaulas de hierro con sus loros; y, enfrente, la otra puerta en arco, sorprendente, como un aprisionado firmamento, abierto a la luz verde del mar. Una calma inquietante, dolorosa, yacía en todo. Sólo el loro *Mambrú* se desazonó, revolviendo sus crueles ojos, casi humanos.

De la sombra, salió el cuerpo. Los hombros altos, la pesada cabeza de Es Mariné. Se quedó plantado delante de él. Estaba de espaldas a la luz, no veía su cara, sólo la punta rojiza de su cigarrillo.

—Manuel —dijo—. Sabía que ibas a venir, muchacho.

Le tendió la mano, tras frotársela contra la

pierna. *Mambrú* se puso a gritar algo, y Es Mariné fue hacia el mostrador.

—¿Qué quieres beber?

—Cualquier cosa.

Notaba el paladar seco, una emoción turbia le ganaba, distante de Son Major, que nada tenía que ver con su infancia ni su dolor antiguo.

—Mariné, quiero hablar contigo.

La mano de Es Mariné se quedó suspensa en el aire. (Tiene miedo de recordar o sentir algo que no desea.)

—Nada de particular —aclaró—. Charlar, nada más. Prefiero hablar contigo que con otro cualquiera.

—Ya comprendo.

Es Mariné tomó una botella panzuda y negra. Sacó dos copas pequeñas y las llenó de un licor espeso y amarillo. Luego, ensartó las copas entre los dedos, y con la cabeza le indicó que le siguiera. La terraza seguía igual, desportillada, con sus mesas de madera sobre caballetes, llenas de manchas de grasa. Los rollos de cuerda, los botes de alquitrán, los rimeros de cajas y de latas. El mar se extendía quieto y duro, como una superficie de cinc, bajo el verde pálido de un cielo que parecía alejarse, abombarse en un vértigo infinito. No había nubes. Allí, a la derecha, sobre las grutas, flotaba una niebla muy transparente. Se sentaron, uno frente al otro, y bebieron.

Todo era como antes, como hacía tres años, cinco años, diez años. No había pasado nada. (Nadie ha muerto. Nadie vive. Sólo el mar respira y lame inexorablemente los bordes de la tierra, las columnas, y, si no ha mentido Sanamo, los flancos de la *Antínea.*)

—Mariné —dijo, al fin—. ¿Qué fue de todos ellos?

Es Mariné quedó muy quieto, con la enorme cabeza ladeada.

—¿Quiénes?

—Jeza, y los dos hermanos, Simeón y Zacarías.

—¿Aún te acuerdas de ellos, Manuel? Déjalo ya, créeme. Todo eso ha pasado ya. Qué le vamos a hacer. Mira, he oído que te viene ahora una vida diferente. Él era así. Quizá no se portó bien contigo... con Sa Malene, quiero decir. Pero, Manuel, al fin ha sido bueno. Ten respeto por su memoria, yo te digo que era un gran señor. Guárdale respeto y todo el cariño que puedas. Créeme, cree a este viejo, que algo sabe de la vida.

—Yo no he venido a hablar de Jorge de Son Major, Mariné. Quiero hablar de José Taronjí, y de Jeza, y de los dos hermanos.

—¡Olvida, Manuel! —gritó Es Mariné, dando un puñetazo sobre la mesa—. ¡Olvídalos de una vez, o márchate de aquí!

De pronto le pareció que había cambiado, que no era el mismo viejo marino, irritable y seguro, fiel y consecuente a sus recuerdos. Era un hombre temeroso. Pero una enorme tristeza había en sus ojos, en su mirada de ladrón, y su voz tembló al decir:

—Manuel, ya sabes que yo era amigos de ellos. Bien lo sabes tú, mejor que nadie: esta casa era su casa. Yo quise mucho a Jeza. Pero más que a nadie quise a Jorge. Sí, ya sé lo que tú piensas: falsa moneda de dos caras, a todos engañabas. No es así, hijo mío. Yo bien entendía a los unos, pero no podía evitar querer al otro. Era mi vida, qué le iba a hacer, años y años de mi vida con él, en el Delfín. No porque no comprendiera sus errores, iba a dejar de quererle. Pero... hice lo que pude, por Jeza, por José Taronjí —de pronto tuvo un acceso de miedo, pero tragó saliva y añadió—: y, aunque no lo creas, aunque todo me acuse, por ti, Manuel.

—Enséñame dónde se reunían. Quiero verlo, otra vez.

—Ahí arriba, en el altillo —la voz de Es Mariné se convirtió en un siseo—. También se reunían a veces ahí. Pero no fue aquí, gracias a Dios, donde les descubrió el carnicero. Fue allá, en la casa abandonada.

—Yo estaba allí. Había ido a llevarles la comida. Me dejaron tranquilo, porque sólo era un niño, entonces, y porque...

—Y porque sabían que eras hijo de Jorge de Son Major.

Aun, a pesar de todo, Manuel se sorprendió del orgullo que latía en aquellas palabras.

(El carnicero. El brazo derecho de los Taronjí. Los domingos solía vestirse la guerrera nueva, el vientre abultado empujaba los botones, siempre había una punta disparada hacia afuera, y el cinturón, ancho, se le trepaba hasta casi debajo de los brazos. Hacía tiempo que acechaba a José

Taronjí, pobre José, torpe, apasionado y dolorido, de lengua blanda e imprudente. Jeza no se fiaba de él, siempre decía: *José, me preocupas.* La casa abandonada, yo fui a llevarles la comida. En aquellos días, los hermanos y José Taronjí estaban escondidos. Tenían miedo de aparecer por el pueblo. El carnicero me preguntó: *¿Y tu padre?* con sorna, y yo dije: *Está fuera del pueblo, creo que fue a Palma, por algún asunto.* El lunes siguiente descubrió la casa abandonada. Aquel día. Su entrada, seguido del hijo mayor, la luz negra de sus pistolas, las gruesas piernas plantadas, coléricas, convencidas y escandalizadas, firmes contra el suelo, y: *contra esto es inútil cualquier cosa;* inútil la angustiosa lucha de todos los días, la lucha de las palabras dejando una capa de arena en el paladar, un viento seco que arañaba, que asolaba. Era igual. Allí estaba el hombrecillo consciente, seguro de su inamovible razón, pendiente del teléfono, clamando por la espada justiciera contra los perversos corazones, inútiles y sordos de sus semejantes —no semejantes a él, por descontado—; y el viento seguía afuera, llevándose el rumor de las voces. Dos o tres veces golpeó la rama contra el cristal, luego oí el metálico y vibrante son de los cables del alumbrado, sacudidos. Recordé las hileras de pájaros oscuros, con sus pequeñas garras muertas, que solían posarse en ellos: *qué se habrá hecho de ellos, ahora.* Habían huido, igual que los días, los minutos. Un viento bastaba para alejarlos, un viento negro y súbito, como bastó para que todo acabara allí dentro. Todo huido, como palabras dichas, como pájaros. Y aquel hombrecillo, el carnicero, seguía erguido, con toda su dignidad de ser respetable, solvente, moral, y gritaba: *No os mováis, estáis cogidos,* al pobre José Taronjí, a los dos hermanos Simeón y Zacarías. Allí, en aquella playa, bajo aquel sol que ya no brillaba, Jeza me había hablado. El tren pasaba todas las mañanas por aquellos mismos raíles, y detrás del tren (me fijaba sólo entonces, en cuanto pasaba el tren, como si hasta aquel momento el horizonte fuera solamente el borde negro de las vías), el trecho de arena salvaje, con sus delgados juncos amarilleando, azotados por el viento: y luego, la otra arena, la desnuda y limpia, dura, compacta arena de la playa. *Todo esto ha terminado;* aunque aún tardara días, o meses, yo sabía que había terminado. Un agudo silbido cortó el viento, oí el traqueteo en la vía, vibraron los cristales rotos, y el tren, otra vez, con todas las ventanillas encendidas, como una tenia luminosa, rauda y amarilla; como fosforescentes y raudas armónicas, cruzando la arena de la playa; y recuerdo que brillaban los bordes del mar. A través de los trozos de cristal roto, miré, pensando, con toda la fuerza que cabía en mi corazón: *que no venga Jeza, que no llegue, que algo le detenga. Que no descubra a Jeza, porque, entonces, está todo perdido.* De alguna parte venía y se acercaba una luna fría, a los bordes del mar, a las olas que nunca acababan de alcanzarle a uno —que nunca acababan de tragársele a uno, como las palabras que siempre amenazaban, amenazaban, y sólo quedban en eso: arena, espuma. Sólo estaban allí la arena y el viento, aliados, humedeciéndose mutuamente, a trechos. Tras el último vagón huían las lucecillas rojas, como un aviso, como una llamada. *Vamos, de pie* —decía el hombrecillo justiciero—. Se envolvió bien en la chaqueta negra, y la cruzaba sobre su vientre redondo, casi indecente, y se apartó lentamente de la puerta, siempre encañonándoles: *Tú eres el frailecito, ¿no? Da gracias a que eres un niño, sólo un niño que has venido a traer la comida.* En aquel momento, estridente, se oyó el chirrido de la puertecilla del cercado, y él, con gesto maquinal extendió la mano hacia la puerta cerrada de la casa, y la dejó suspensa en el aire, ante los ojos ansiosos de José Taronjí y de los dos hermanos. La mano rechoncha, pálida, dura, tomó el pomo de la puerta, prudentemente. Me dio un vuelco el corazón y comprendí toda la realidad de lo que estaba ocurriendo. Porque aquel gesto me había traído de golpe toda la catástrofe: *Es Jeza. Ya no hay remedio. Es Jeza, en la trampa, también.* Pero no era él, sino el perrillo fiel y ululante del pobre José Taronjí.)

—Se los llevaron. Al día siguiente, los Taronjí mataron a José, que intentó escaparse. Pero, ¿y Jeza? ¿Dónde está?

—Lo metieron en la cárcel este febrero último. Debe estar aún allí. El pobre Taronjí no interesaba. Jeza era más importnte. Supongo que querían interrogarle. No he vuelto a saber de él.

—¿Y ella, la mujer? ¿Dónde está?

—No lo sé —dijo Es Mariné—. Anda, Manuel, olvídalo todo. La guerra está a punto de terminar, cualquier día. Olvida esas cosas.

II

LLUVIA

UN HOMBRE AL QUE LLAMABAN JEZA

Alejandro Zarco dijo a su mujer: "Si un día me ocurriera algo, procura por todos los medios entregar estos documentos a un hombre llamado Esteban Martín". Poco después, lo encarcelaron, y la mujer y un hijo de ambos, se refugiaron al interior de la isla. La mujer llevaba los documentos, y los ocultó.

Alejandro Zarco vivió mientras existió la posibilidad de un canje. A mediados de octubre de 1938, fue ejecutado.

1

El autobús llevaba un rato parado, trepidando. Desde la ventanilla veía al chófer, con su jersey verde oscuro, de cuello alto, hablando agitadamente con el dueño del café. La plazuela aún resplandecía, con aquel sol absolutamente salvaje, en contraste con los letreros de la fonda, con los veladores de mármol redondo y frío, con el polvo que el viento levantaba, por sobre el puente. Aquel sol, una bola roja y densa, parecía agarrarse al cielo como un molusco. Llevaban más de diez minutos, lo menos un cuarto de hora, así: parados en la plazuela, el chófer hablando con el del café, el sol luchando con el fin de la tarde. Dentro del autobús, la gente se impacientaba. Eran todos, o casi todos, campesinos, con trajes negros y el cuello de la camisa abotonado, sin corbata. Mujeres, hombres, de rostros espesos y ojos quietos, de brillo charolado y duro, como el caparazón de ciertos insectos. Gentes que bajaron a encargos, a recados; a sacarse una muela, a vender, a comprar. Había un tufillo animal, dentro del autobús, empañando ligeramente los cristales de las ventanillas.

El motor, cerrado en su larga caja, se quejaba opacamente, hacía temblar una muñeca que pendía del parabrisas. Los árboles, castaño y plata, se difuminaban en el cielo. El frío había llegado.

Desvió los ojos del chófer, del hombre del café. En el muro rojo de la iglesia brillaba con pintura blanca un flecha indicadora.

Entrecerró los ojos. Un sopor lento, resbalaba por sus párpados. Y, de pronto, las vio. Dos mujeres, allí delante, como brotadas espesamente de la tierra. La una parada frente a la otra, las dos de negro. Estaban así, mirándose. Quizás una de ellas movía los labios, débilmente. El brazo de la una, extendido, y la mano apoyada en el hombro de la otra. Eran dos mujeres quietas, hablando, mirándose. Las había visto, días atrás, aguardando, en el patio de la cárcel. En aquella mano, sobre el hombro de la compañera, había algo pesado, confuso y zozobrante. Quieta y oscura, con dedos anchos, pesada como una pala, en el hombro de la otra.

(Me acuerdo de las manos de Jeza, que eran largas, de nudillos un tanto salientes, de color moreno dorado, como la corteza del pan. Unas manos duras, útiles. Casi siempre yo miraba sus manos, cuando le hablaba. Sus manos, mucho más reveladoras que su rostro. Y las manos de Jeza han surgido, ahora, como esas mujeres, de la tierra grasa y aglutinada, de la tierra pavorosa, desde sus muertos, para gritarme. Las manos de Jeza se han levantado entre el sopor, en medio de las dos mujeres enlutadas. Están ahí, abiertas, como un monstruoso abanico.)

Saltó del asiento, tropezante, y fue hacia la portezuela. Temblaba, como un cobarde. Dijo una mujer:

—Anda, mira qué... Todo el rato parado, y cuando vuelve el chófer, se le ocurre bajar.

El chófer acababa de tirar bruscamente la colilla al suelo. La aplastó bajo el talón, y volvía al coche, frotándose las manos. Chocaron en la portezuela:

—¡Que nos vamos...!

No hizo caso. Salió del autobús, como un perro encerrado, que ve, de pronto, la libertad.

El chófer se asomó a la ventanilla, gritándole. El viento levantaba su pelo, negro y sucio. Las mujeres hacían gestos, mudos, estúpidos, levantando las manos, allí dentro, al otro lado de los vidrios empañados. Alguna risa. El chófer gritaba:

—¿O sube, o qué?

Él seguía quieto, con las manos en los bolsillos, súbitamente envuelto, azotado por el frío. El chófer dijo:

—¡Que me voy...!

Arrancó el autobús, y, tras el humo negruzco, y el olor a gasolina, aparecieron de nuevo, como tras un telón: las dos mujeres, una frente a la otra, enlutadas, hablándose. La mano de la una sobre el hombro de la otra.

(Me acuerdo de que Jeza hablaba poco. Solía quedarse así, parado, escuchando; y, de repente, levantaba una mano: extendida, la palma hacia afuera; y aquella mano lo borraba, lo absorbía todo. O las dos manos, súbitamente cruzadas, con los nudillos tirantes. Jeza decía pocas cosas, pero cosas que se escuchaban. Jeza hacía mucho más de lo que decía. Pero Jeza ya no puede hacer nada. Jeza ya no es nada, apenas eso: un sobresalto, unas manos alzadas de entre los muertos. Y los muertos, ¿qué cosa de particular tienen los muertos ahora?)

Una de las mujeres dijo:

—Ha perdido el auto.

Le estaban mirando. Seguían con el brazo entre ellas dos, como una rara alianza. Él dijo:

—Sí.

La mujer que tenía la mano sobre el hombro de la otra, le miró de arriba abajo. Tenía el pelo oculto bajo un pañuelo negro, anudado en el cogote. La otra aparecía sumisa, como dulcemente amodorrada por el peso de la amistad, de aquella mano amiga en su hombro. Así, al menos, se lo parecía. Como si la una estuviera consolando a la otra de algo grande y terriblemente sencillo, como la muerte.

—¿Se le escapó, o lo dejó ir?

Quiso contestar, pero no podía decir nada. Y la mujer se encogió levemente de hombros, para añadir:

—Lo pregunto, porque ese chófer es tan animal, el pobre... Por eso le pregunto, no por más.

—Lo dejé ir.

La mujer hizo un gesto vago, con la cabeza.

Luego miró a la otra, que seguía sumisa, espesamente dormida en aquella mano. Se despidieron, se apartaron la una de la otra. Se fue primero la que no había hablado, con pasitos de cabritillo perdido, arrebujada, los brazos cruzados sobre el estómago. La otra, se volvió una vez más a mirarle, antes de ir hacia el puente.

El sol había caído, todo aparecía envuelto en un frío azul, fosforescente. La flecha blanca indicaba un desconocido camino.

(Cuando vi a Jeza tendido, terroso, los ojos abiertos pensé: *Nunca más sonreiré, nunca más me podrá parecer alegre ninguna cosa, nunca más tendré gusto por cosa alguna, en esta tierra.* Y, sin embargo, ha seguido todo, como antes. Como antes de conocerle, incluso. Jeza ha muerto. Muerto, y nada más. Casi nunca hablaremos de él. Como si no hubiera nacido. Está muerto, eso es todo, muerto, y rebasado por los que vivimos, por los que seguimos respirando todos los días. Riéndonos, llorando, rabiando, alegrándonos, callándonos. Vivos y pisando la tierra, amasada de rostros y ojos y manos como Jeza, y huesos, como Jeza, y derretidos jugos negruzcos, como Jeza, y agujeros oscuros y macabros, como Jeza. Así es, y no hay que darle más vueltas. Jeza ha muerto, la cara pegada a los huesos como una corteza de barro que fuera a cuartearse de un momento a otro. Y los ojos, así, como dos pedazos de vidrio, no son ojos, no son nada: ni siquiera las doradas y viscosas hojas de la última primavera, sobre la tierra quemada. Ni eso, siquiera. Ni terror daban, siquiera. Muerto, y sólo muerto.)

Irrumpió por la esquina un tropel de muchachos, gritando. El primero, de unos diez años, de piernas cortas, con calcetines negros.

(Un cobarde, sólo soy un cobarde, dejando escapar el autobús, bajando tres, cuatro, cinco —no lo sé exactamente—, pueblos antes, para no tener que enfrentarme con ella, con sus ojos redondos y febriles, sus ojos de muchacho —nunca podré pensar que tiene ojos de mujer—, y decirle lo que me está royendo. La miraré, me acercaré, y ella me entrechará la mano. Y me preguntará, sin palabras, simplemente con los ojos, con el gesto: con el movimiento rápido de echarse hacia atrás los cabellos, *¿y Jeza?*)

El tropel de niños se detuvo. El muchacho de los calcetines negros le miraba, con la boca un poco abierta. Era un niño, sólo un niño, y, sin embargo, ya se le transparentaba en las facciones el hombre que sería (el hombre sensato, fuerte, impío, irreprochable, que será, le empuja de dentro afuera el abombamiento de la frente, los globos de los ojos, la ensalivada boca entreabierta). Sintió una ira rápida y estéril.

—¿Qué miras? ¡Lárgate!

El niño miró a sus compañeros y alzó un hombro. Llevaba en su mano derecha un aro de alambre, sujeto por un gancho de hierro. Le trajo, un tiempo, unos días, una voz que le mandaba callar: el hijo del carnicero tenía un aro como aquél. (Esos aros, ya no los utilizan más que los niños de los pueblos perdidos. Ya no los usan en las ciudades, los niños...) El muchacho habló algo en voz baja, con sus compañeros. Una risa tímida les zarandeó, cruzó sus pequeñas bocas movibles, rauda y un poco asustada, como una lagartija. Se perdieron otra vez, gritando, con un ruido como de cables golpeados: todos llevaban aros de alambre grueso, sujetos con ganchos de hierro. Hacían carreras. Se lanzaron, carretera abajo, entre las hileras de los castaños, más allá del puente. Un resplandor, parecía acompañarlos ahora, en su destemplada huida. (Cobarde, cobarde, cobarde. Eso soy yo, un cobarde.) Volvió la esquina de la plaza.

Vio un café de grandes puertas, en la calle que subía hacia los aserraderos. Toda la calle se había puesto, de un golpe, a oler a madera.

Había veladores de mármol, con un agujero en el centro. (Seguramente, en el verano, incrustan aquí, sombrillas y parasoles desteñidos, recalentados, y el sol será como puñados de polvo, rojo y feroz, contra las fachadas.) No había nadie en los veladores. Una mosca aterida trepaba ciegamente por el cristal de la ventana, por la parte de dentro. El mozo le dio con la servilleta que llevaba desmadejadamente sobre el hombro, retumbó el cristal, y cayó la mosca. El mozo le sonrió a través del cristal, sin ningún calor. Luego, dio vuelta, se acercó:

—¿No tiene frío? —le dijo—. Nadie se sienta ahí, en este tiempo. Dentro tenemos encendida una buena estufa.

Nadie se sienta aquí, ahora. (Todos hacen lo mismo. Un grupo dice lo que se debe, o se puede hacer. Los otros imitan, obedecen.) Entró.

Por la boca abierta de la estufa, rojeaban las llamas. El mozo parecía ahora satisfecho, hurgando en el fuego con un ganchito, abriendo y cerrando la pequeña ventana. Era como un grande y hermoso juguete, del que estuviera muy orgulloso. Le miraba, de tanto en tanto, y le sonreía:

—Calienta, ¿eh?

—Sí. ¿Hasta cuándo no sube otro coche?

El mozo hizo un gesto vago.

—Ya vi, se le fue en las narices... pero ese chófer... ¿Lo dejó ir a propósito, o se le fue?

Se limitó a desenvolver despacio los terrones de azúcar. Sobresalía uno de ellos de la diminuta taza marrón, y se iba tiñendo menuda y rápidamente de café, derritiéndose.

—Bueno —dijo el mozo—. Sale otro, mañana por la mañana, a eso de las once. Pero sólo llega hasta el empalme...

Dijo un nombre que no le inspiró ningún sentimiento, que no le traía nada a la memoria.

—Luego, sólo hay uno, a la tarde... Vamos, el suyo: ya sabe.

El café, aguado y demasiado azucarado, tibio, se enfriaba, definitivamente, en el fondo de la taza.

—Es bueno —dijo el mozo, con un débil parpadeo. En aquel parpadeo había sumisión, modesto contento, perplejidad, admiración—. Es bueno, el dueño ha traído una máquina muy buena. Creo que es la mejor que hay aquí.

Manuel le sonrió débilmente, y pagó. Se inclinó sobre el dinero, y, de pronto, su sonrisa desapareció, sus ojos se secaron. No había propina.

—¿Sabe dónde puedo pasar la noche?

—Aquí tenemos habitaciones —de nuevo la sonrisa afloró, esperanzada.

Le despertó un fuerte olor a lejía, y la canción desaforada de la criadita. El sol entraba por las persianas, no había cerrado los postigos. Tenía sed. Miró en seguida el reloj, con temor de que hubiera pasado la hora. Pero en seguida recordó: *no, el de las once no llega más que hasta el empalme*. Como si sus pensamientos se hubieran puesto a gritar, como la voz de la muchacha que fregaba el rellano, allí, justamente detrás de la puerta, el mozo aporreó su puerta y dijo:

—¡Oiga usté, que si quiere, hay un coche que va allí!

—¿Cuándo? —su corazón se puso a barbotear sordamente, como un viejo y destemplado motor.

—Ahora... dentro de veinte minutos, dicen.

—Bien, voy en seguida.

Había un lavabo desportillado, de porcelana, con una jarra. Se la echó por encima de la cabeza y la nuca, con un estremecimiento.

Salió al rellano, sus orejas ardían. El mozo le preguntaba: ¿Café? Con la esperanza de volver a usar la máquina. En el rellano, un antiguo reloj de comedor, señalaba las diez y media. Miró otra vez el suyo con estupor: en la pequeña luna las agujas marcaban las siete y dieciséis.

—No haga caso, está parado —rió el mozo, disparado escalera abajo, hacia la cafetera, lleno de inefable placer. Sus manos manejaban con febril voluptuosidad la máquina. Un vapor ruidoso y cálido empañó el metal. Le sirvió la tacita con una sonrisa de ensueño, sosteniendo el platillo con las dos manos.

—Bueno, bueno —dijo el mozo, mirándole, frotándose las manos—. Y ve, me dijeron: *sale uno para allí,* y me dije: *voy a avisar al joven de ayer, el que perdió el autobús...*

Bebió un sorbo de café. En la calle fría, dos hombres cruzaban envueltos en sus abrigos, y una nubecilla de vapor salía de sus bocas. En la esquina de la plaza, sobre dos toscas puertecillas pintadas de amarillo había escrito con letra roja. MUJERES Y HOMBRES. Por debajo de las puertas desbordaba la humedad y un fuerte olor a amoníaco.

—Es un taxi —dijo el mozo, precediéndole. A la luz pálida de la mañana su chaqueta tenía el amarillo de los viejos manteles guardados en el arca—. Mire: le salieron dos clientes y le sobraba un asiento.

Sintió un repentino malestar, y como si la débil sonrisa que flotaba en torno al mozo cayera al suelo, en torno a ellos dos, como una lluvia de arena. Se sintió miserable. (Ir a decirle: *no pienses más en él, no esperes nunca noticias de él. Tienes que saberlo de una vez, está muerto.)*

2

MARCELA decía:

—No abras la ventana.

Pero ella la abría, porque si no, le parecía que se ahogaba. Marcela acababa de encender los leños, en la pequeña chimenea del rincón.

—Te digo, ¿para qué encender, si te plantas tú ahí, delante de la ventana? Nunca te curarás así.

Lo que más le gustaba a ella de Marcela, era eso, precisamente, que no andaba nunca con paños calientes, que decía siempre la verdad, o lo que ella creía la verdad. La piedad era otra cosa. En un principio (hacía ya meses largos, parecía mentira), le dijo: *Muchacha, qué mala cara te veo. Qué mala cara.* Lo dijo así, de pie, delante de ella, con las macizas piernas bien asentadas contra la tierra que pisaban. Y no sintió miedo, al oírla. Más bien, una rara sensación de seguridad. Ahí había, por lo menos, alguien que no adulaba, que no mentía. Sí, la piedad era otra cosa, y Marcela estaba en su verdadero sentido.

—Estas casitas de m... —decía ahora Marcela, con cierto jadeo en la voz, a causa de su postura inclinada—, es lo único bueno que tienen: que se calientan en un momento. Están todavía húmedas las paredes, pero así y todo, no es como la otra, que ya en los últimos tiempos entraba el viento por todas las rendijas. No era casa, era un colador...

Se oyó llorar al niño.

—Ahí está —dijo Marcela. Y se le llenó la cara de resplandor. No era únicamente el reflejo de las llamas, era *su* resplandor, el que le subía a veces a los ojos (llenos, parece, de todos los recelos y el dolor del mundo), y, sin embargo, como bañados de pronto por una luz, igual que una ola (insospechadamente, nunca se sabe por qué, ni cuándo). La miró, con la admiración sin límites que sentía por Marcela en esos instantes. Una admiración y un candor que cortaban todas las palabras, incluso los pensamientos. Marcela podía ser, de improviso, la tierra entera, con sus árboles, ríos, costas, montañas y caminos. Huían, entonces, todas las cosas leídas o aprendidas, las letras, como vanos pájaros del pensamiento de los hombres.

—Pero bueno, ¿no oyes a tu hijo? —chilló Marcela.

Fruncía las cejas, y ella corrió al cuarto de al lado, como sonámbula, abrió los postigos y lo vio, al niño, sentado entre las mantas arrugadas, congestionado de tanto gritar y los ojos achinados por el llanto. Lo cogió en brazos. El cuerpo era tibio, apoyó la cabeza cubierta de brillante pelo rubio contra su hombro, y empezó a hipar suavemente. Ella le puso una mano en la nuca, quieta, que deseaba aplacar, amansar, como la mano de

Marcela. Pero su mano era demasiado rápida, demasiado dura. No sabía. Sólo Marcela podía hacer estas cosas. El niño cambió el hipo por un ronroneo especial, casi era una cancioncilla. Apartó la cabeza, y le miró. (Casi dos años. Dos años de alentar, de mirar con ese par de ciruelas húmedas, de color avellana. De oler la tierra, los leños, el humo, los árboles, las hortigas enardecidas por el sol. Casi dos años de llorar y pedir alimento, de buscar ciegamente, ingorantemente, la razón de ser. Las paredes blancas bajo el sol. La razón de todas las cosas...)

—No llores —dijo.

—Sí, ha muerto —dijo Manuel, por segunda vez, como un obseso.

Ella había oído, y, sin embargo, seguía allí, delante de él, con el hijo colgando del cuello. Una estampa de mujer, tal como la representaron durante siglos y siglos en cuadros, murales, vidrieras, láminas, esculturas, fotografías y grabados. La estampa de la mujer, y, sin embargo, no lo parecía. Por culpa, quizá, de aquellos ojos con los que no hubiera querido enfrentarse jamás. Los ojos asombrados, incrédulos, de un chicuelo.

—Siéntate —dijo.

Él mismo le tendió la silla, pero ella seguía quieta. Marcela apareció en la puerta, mirándole salvajemente.

—¡Bruto!

Manuel se sentó, temblando, en la misma silla

que ofrecía. Temblando, no porque él lo supiera, sino porque lo veía: sus dos torpes, estúpidas manos, temblando delante de sus ojos.

—Eres un bruto —añadió lentamente Marcela, a su lado—. Sólo los brutos dicen las cosas así. Una espumilla blanca apareció en los labios de la mujer de campo (de la labriega enfurecida ante las alimañas. Recuerdo como una vez vi a una mujer de campo segar en dos, con la hoz, las crías de la raposa).

El niño empezó a reírse, señalando con su mano gordita a Marcela. Quizá le hacía gracia verla enfurecida. (Enfurecida por la muerte de Jeza. Jeza es el padre de este niño, y este niño no conocerá, no vivirá como estamos viviendo, agónicamente, desde hace meses, esta muerte. Nunca. Crecerá, le dirán: *tu padre murió.* Y él sabrá aquella muerte, oirá aquella muerte, pero nunca conocerá esta muerte, como la estoy conociendo yo. Como la está conociendo ahora, en este momento, ella.)

—Calla —dijo la mujer, entonces.

Su voz sonó rara. Era muy extraño oír su voz, en aquel momento en que los leños estallaban en la chimenea, con pequeños chasquidos, esparciendo un tenue silbido de gas en combustión, y un olor tibio y cosquilleatne. Marcela se desplomó en una silla, apoyó la frente en un brazo —un brazo robusto y oscuro, con la manga arrollada hasta el codo—, y lloró silenciosamente. Fue la voz fría, despersonalizada de ella, lo que la hizo llorar, como bajo un resorte.

El chófer apareció en el marco de la puerta. Venía frotándose las manos con un trapo, tiznadas de grasa negra.

—¿Va a volver, o a quedarse? —preguntó.

Era un hombre rechoncho, peludo. En aquel momento se dio cuenta de que no le habló en todo el camino.

—Espéreme —dijo—. Vaya a tomar un vaso... espere, aún no he decidido.

El chófer echó una rápida mirada a las dos mujeres, y sus ojos se abrieron un poco. Hizo un gesto vago, diciendo:

—No se apure, no hay prisa...

Salió, y vio el brillo húmedo de sus ojillos. (Mercaderes por todas partes. Siento cansancio. Lógicos, sólidos, naturales mercaderes. El mozo con el platillo de la taza entre las manos, sonriéndome. El chófer, dando facilidades. Todos, sentados pacientemente a la puerta de su tienda, esperando. Esperándome. Abanicándose el sudor, y esperándome. Gordos, sabios, útiles mercaderes. A la puerta de las guerras, a la puerta del hambre, del deseo, abanicándose, sonriendo, esperando. La vida es eso: un rechoncho y paciente mercader, sentado a la puerta de su tienda, de su puesto, de su cuchitril: esperando, con un brillo contenido y ácido en los ojillos. Conozco muy bien esta imagen. La vida es esta imagen. Sólo la muerte, como Jeza, tiene la gran serenidad, la suntuosa mudez. La muerte, la muerte, la muerte. Estoy, ahora, totalmente desamparado, como no me había sentido jamás en mi solitaria vida. Un desamparo raro, que no desea afectos ni solidaridad humana, que no desea vecindad de hombres, que no pide nada a la tierra. Es desamparo de la muerte. Estoy asombrado, asustado de este pensamiento. La muerte me ha dejado solo. Sólo la muerte es mi aliada, podría ser mía, y me ha dejado solo. Cuando Jeza vivía ya sentí vagamente esto. Y ahora Jeza me lo ha arrebatado todo, me ha dejado sin muerte, sólo con vida: con esta clase de vida sin razón ni convencimientos, encadenando minutos y segundo. Sólo Jeza sabía, sólo Jeza estaba seguro, y se llevó con su inamovible seguridad, la seguridad total de la muerte, mi gran razón.)

Un sol inaudito salió tras la neblina, iluminó las paredes, la mesa de madera, los cacharros de cerámica tan amorosamente buscados y clasificados por ella (por sus ojos de muchacho que está, aún, descubriendo los inmensos tesoros de la tierra). Casi sin transición, todo se llenaba de luz (pero es una luz de negrura, como un relámpago que todo lo vuelve de día en un segundo: pero un día incrustado en la noche, y, apenas desaparece el relámpago, la noche existe aún, y se desborda sobre nosotros, nos pesa, nos invade como un mar. Es como repetir un trozo de vida). Se sentó a horcajadas, en la misma silla que le ofreció a ella. Se sentía espectador de sí mismo, con los brazos colgando como péndulos, y temblando. Otra vez, otra vez la misma historia.

(En el declive, la casita como un cubo de cal, el huerto húmedo y luminoso, el zumbido de las abejas y el mortificante aroma de las flores, enturbiando la razón; y mi madre estaba frente a mí, callada, temblando, mirándome con sus ojos azules, donde el mar espejeaba siempre. Y también entre ella y yo había un hilo sutil, que nos unía más que todas las palabras. En la barca estaba el cuerpo muerto de José Taronjí. *De mi padre,* me esforzaba, aún entonces, por decirme, golpeándome la palabra sienes adentro, como un salvaje golpea rabiosa y tozudamente un pedazo de cuero tensado. Pero el nombre de otro, de otro, estaba entre el hilo que nos unía a la madre y a mí, asesino por omisión, por indiferencia, por desprecio, por egoísmo. Del peor de los asesinos, a quien yo amaba, entonces, todavía.)

—Perdóname —dijo.

Ella se apoyó en la pared. El sol despedía ahora llamas de su pelo. En la raíz, en aquella raya limpia y recta que dividía en dos sus cabellos, el rubio era casi blanco, brillante. Luego se doraba lentamente, como si muriera (como toda ella, una llama que nace rebelde y se apaga, se abate).

—¿Cuándo fue? —preguntó ella, al fin.

(Igual que mi madre: *¿Cuándo, hijo?* Y yo le dije: *hace poco. Se quiso escapar, por lo visto... Le encontré en la playita de Santa Catalina, junto a una barca abandonada...* Y, en aquel momento, como ahora, soy inútil, soy un estorbo, como todas las cosas y los seres, para ella. Y, ni siquiera, sé dónde está la razón de las cosas, ni de la muerte, como lo sabía Jeza. Por eso está muerto él, y yo, en cambio, que nada soy y nada hice, sigo viviendo.)

Dijo:

—Ayer fui a verle, no me habían dicho nada... Me hicieron esperar, y luego me dieron un paquete, con sus cosas. No sé tú... No sé si lo querrás guardar.

—¿Lo viste?

—Sí.

Lo repitió dos veces, tontamente. Ella le devolvió su misma mirada asombrada. Nada más.

Luego, dio media vuelta y se fue hacia la puerta. Miró, por encima del hombro, la cabeza del niño (tienen los mismos ojos esos dos). Marcela levantó la cabeza. Las lágrimas brillaban en las comisuras de su boca, detenidas. Dijo:

—Te voy a decir una cosa, Manuelito.

(Cómo me extraña, ahora, ese diminutivo. Cuando las mujeres como Marcela llaman a los hombres con nombre de niño, algo está ocurriendo, algo que conmueve o exaspera.)

—Te voy a decir una cosa —repitió, solemne. Había cogido un cuchillo de sobre la mesa, y empezó a raspar el borde, sin llegar a cortarlo; sólo con un amago de algo cruel y contenido, algo más que un grito.

—Maldito sea el culpable de la muerte de Jeza, y que Dios no tenga piedad de él.

En aquel momento no había odio en los ojos de Marcela. Sólo un lamento quieto, pasivo. (Como brotado de lo profundo del agua: como cuando yo me asomaba al pozo y oía el eco del silencio.)

—Era como tu hermano —dijo, Manuel, casi sin darse cuenta. Ella le atajó, con un movimiento brusco de su cabeza.

—Era mi hermano. Mi hermano, ¿lo oyes? Más que lo fueron Simeón y Zacarías. Jeza era mi hermano.

(Hermanos, hermanos míos, dónde estáis. Os he buscado tanto tiempo, he aprendido vuestros nombres, hermanos míos, ¿dónde estáis? Os buscaba y érais cifras, hermosos nombres, voces que llamaban y no entendía. Hermanos míos, ¿no os acordáis de cómo quise bajar a vuestro huerto? Hermanos míos, todo me es culpable. Todo me acusa de culpable, porque la traición va conmigo, como mi peso. De niño yo quise amar. Después supe que no era amor, porque el amor me lo enseñaron allí, donde el amor es otra cifra más, y me dije: no es amor lo que debe repartirse, como se reparte la simiente de los campos. Ni razones, ni palabras, Jeza era un hecho viviente, un hecho, no una cifra, no una palabra, no un bosque de palabras, donde los hombres buscan, inútilmente, hermanos. Y esa mujer que dice: *Él era mi hermano,* sin que en sus venas corra la sangre perdida de Jeza, sabe más que yo de todas las cosas de los hombres. Ahora, sólo me llega el odio. El odio sin pasión, por todo aquel que deformó mi vida. Por todo aquel que me dijo: *Ven conmigo, tú eres el rey de mi casa,* y me obligó a decir: *No, yo soy de mis hermanos.* Y mis hermanos no me recibieron.)

3

Es raro que esté aquí, delante de nuestro hijo. Es raro que sea nuestro hijo, y se llame Alejandro. Es muy raro todo esto: esta casa, esa mujer que se llama Marcela y se cree hermana de Jeza, ese muchacho que se llama Manuel y que me habla como si fuésemos algo el uno del otro. Quiero decir: es raro que alguien crea tener que ver algo conmigo, amistad, simpatía, simple conocimiento. Yo no conozco a nadie, no sé nada de nadie. Yo sólo conocía a Jeza. Quisiera saber dónde está Jeza, porque Jeza no muere, Jeza no muere, porque estoy aquí, de pie, y miro los ojos de Alejandro, que me miran también. Es raro que el niño no llore. Veo brillar sus ojos y su nariz es una mancha aplastada, con dos agujerillos rosados. Alejandro es el hijo de Jeza, pero no me parece que tenga nada que ver con él. Es muy raro, muy raro todo, pero yo soy mucho más de Jeza que este niño. Yo, mi cuerpo, mis cabellos, mis dientes, mis ojos, mi piel, han recibido más de Jeza que este niño, que es su hijo. Jeza está mucho más en mí, que en este niño. Debo, pues, cuidarme, alimentar a Jeza en mí. Pero no, todo esto es inútil, todo esto es vano y estúpido.

Aún no ha llegado el dolor, estoy asombrada, sí, estoy muy asombrada, con mis veintidós años encima, y la muerte de Jeza encima de mis veintidós años. Así, pues, he ido creciendo y renovándome en veintidós años, para la muerte de Jeza. Este niño no tiene mucho que ver con nosotros. Es algo que pesa más que el cuerpo, que la sangre. No sé cómo se llama, ni qué es. Yo elegí a Jeza. Yo le elegí y él me aceptó. Eso es todo. Nadie ha elegido a este niño. Pero no quiero vivir acechada por recuerdos. Siempre a cuestas con los recuerdos, no, no puede ser. Deseo desembarazarme de eso. Como hacía Jeza. En caso contrario, él lo habría hecho así. En definitiva, no existe otro deber que éste, en la tierra, para mí: olvidar lo que debo olvidar, y avanzar. A alguna parte llegaremos. Nosotros, nuestros hijos o nuestros nietos. Me costará mucho olvidar a Jeza, teniendo en cuenta que no debo olvidar lo que él decía, lo que él hacía. Porque Jeza está presente, ya para siempre, en todo lo que yo haga. También en Manuel. Era necesario que muriese, tal vez, para que empezáramos a comprenderle. Incluso Marcela. Marcela que decía de él, cuando temía por él; *ése es terco como una mula.* Incluso ella ahora empezará a entender algo de él. El estaba, en realidad, rodeado de ciegos, de dubitativos, o de una fidelidad ignorante que no le podía satisfacer. Mi fidelidad, no le podía satisfacer. Jeza me decía: *Quiero que entiendas el por qué de todo esto, no quiero que lo hagas por mí, o porque lo creas bueno. Quiero que sepas por qué te parece bueno.* Yo no le entendía. Sólo ahora, en esta oscuridad, en este silencio atroz que empieza a rodear y a negar todas las cosas, creo que empiezo a explicarme sus palabras y sus acciones. Jeza, Jeza, ¿dónde estás ahora? ¿Qué vas a hacer ahora? Eres tú un hecho total y cerrado, un hecho que pesa sobre nosotros. Decías pocas cosas, Jeza, tú hablabas pocas cosas. Nadie más concreto que tú, ahora. Has sido algo, algo que ha ocurrido, ciertamente, que ha ocurrido. Nosotros no, nosotros pasaremos como algo que fue dicho. Algo que fue deseado, explicado, escrito. Tú eres algo que ha sucedido, Jeza. Que está sucediendo aún Jeza, en mí, en Manuel, en todos los otros, en la tierra. Jeza, Jeza, no he aprendido nada de ti, aún. Ahora que estás muerto, empezaremos a entenderte nosotros. Qué fácil puede ser, quizá. Pienso si te alegraría. Pero a ti te alegraban pocas cosas, y siempre inexplicables: la lluvia, el pan. Marcela decía: *Éste es fácil de contentar, pobrecillo. Se conoce que siempre está bullendo por dentro con otras cosas.* Y, sin embargo, nada parecía más simple que tú. Nosotros éramos a tu alrededor como revoltijos de púas, de podridos deseos, de podridas esperanzas. Tú eras como un árbol, debías ser, eras. Nosotros deseábamos ser. Jeza. Deseamos, deseamos ser, Jeza. Un árbol no muere. Eso eres tú. Eres un algo, como un árbol. ¿Qué quiere decir Manuel, cuando dice: *Jeza ha muerto*? Nunca he oído nada más estúpido. Es como si dijera: *Sabes, aquel árbol ha muerto.* Es lo mismo. Tengo que entender bien esto: ni palabras, ni falsos conceptos, ni convencionales razones. Lo único que es cierto es lo que ocurre. Jeza es algo que sucede, algo que está.)

En aquel momento el niño lloraba, forcejeaba por bajarse de sus brazos. Se dio cuenta, porque Marcela se lo quitaba de los brazos, y le ponía una mano en el hombro. Decía, Marcela:

—Ven, muchacha, ven.

Pero ella movió negativamente la cabeza. Miraba la puerta, el cuadro de luz por donde salía Marcela con el niño de la mano. Sus piernas robustas, que no hacían ruido. Oía unas pisadas, lentas, crujientes. Eran las pisadas de alguien que duda, indeciso y desamparado. Era muy raro Manuel. Parecía mucho más desamparado que ella, mucho más solitario, más despojado que ella, por la ausencia de Jeza. Y de pronto, como un golpe, algo quebró el frío. (Algo dobla las altas ramas que se mecen dentro de mí, como se mecían las ramas del manzano. Algo como una lluvia, atroz, devastadora, brutal, porque no está. Ausencia. Manuel está más despojado por la ausencia de Jeza. Ausencia es esto. No veré más a Jeza. Yo, no veré más a Jeza. No veré sus ojos. No veré más sus manos. Yo no veré nunca a Jeza, Alejando no verá nunca a Jeza, nadie verá jamás a Jeza. ¿Cómo es posible? ¿Cómo es posible que nadie vea a Jeza? ¿Cómo es posible que contra todo mi valor, contra toda mi razón y empeño, sea esto tan profundo y demoledor? ¿De qué especie maldita es esta carne nuestra para que sea tan monstruoso, tan insoportable *no* ver a alguien? ¿De qué miserable raíz brotaron mis ojos, para que sea tan cruel, tan asolador, *no ver* a Jeza? Me digo, me digo, ay, que no debo recordar, porque recordar es arena seca y vana, arena que no fructifica, entre los dedos. Pero yo sé. Yo no recuerdo, pero yo vivo el no ver, yo vivo cada minuto, viviré cada minuto, ausencia, ausencia; no ver. Jeza se acercaba a mí, y yo, de pronto, en medio de la luz, lo formaba: lo iban formando mis ojos, ante mí, grano a grano de luz. Nunca más veré a Jeza, nunca más veré a Jeza.)

Se rompía todo, se abría en dos, y recordó a Marcela, que con sus potentes manos de labriega cogía el fruto sospechoso entre sus dos manos, y sin ayuda de cuchillo lo partía, y veía la desgarradura crujiente de la pulpa, dentada en dos, y la voz de Marcela que decía: *Está vana, ¿ves?, tan lozana por fuera y agusanada por dentro.* Ahora, todo se rompía, se agrietaba, entre dos manos bestiales contra las que la razón, el juicio, no podían nada: estaba agusanada la razón, estaba lozana por fuera; tersa, pura y sencilla razón, sólo en la piel. (De alguna materia innoble crece el hombre, que al rajarse en dos aparece la pulpa mordida, quemada, roída por un oscuro gusano.) No tenía lágrimas, ni una sola le brotaba, y, sin embargo, por aquel fuego interno, por aquel sacudimiento que no podía controlar. Lloraba despacio, mudamente, con los ojos secos.

4

¿QUÉ vas a hacer, ahora? —preguntó Manuel.

Estaban sentados uno frente al otro. Entre los dos, separándoles, aquella mesa que Marcela holló con el cuchillo, como si quisiera en su gesto raspar toda la maldad del mundo. Ella seguía mirándole, pausada, casi inhumana.

—Pero yo no sé... No sé qué puedo hacer por ti. Dímelo y lo haré. En realidad, sé tan poco de ti... Casi nunca te había visto antes.

Inesperadamente, ella habló:

—¿Cómo empezaste a escribirme?

—Verás: fui al Port, tenía una gran necesidad de volver a aquellos días. Es Mariné me dio la dirección de Jacobo, y él me lo dijo: Jeza está en la cárcel, y ella en un pueblo del interior, con la hermana de Zacarías y Simeón. Entonces empecé a ir a la cárcel, a verle. Temía que me pusieran reparos, pero... Ya sabes, mi situación ha cambiado, últimamente. Antes todo se me negaba, y, ahora, soy un privilegiado. Ahora, todo, o casi todo, me está permitido. Entonces empecé a enviar cartas a Marcela; sabía que te las darían a ti.

—Nunca te di las gracias, pero tus cartas fueron lo único bueno de estos últimos tiempos. Yo no podía verle, ni escribirle. Gracias, Manuel.

—No digas eso —su voz sonó brusca, y (ah, viejo Sanamo: *Te has vuelto muy brusco, Ma-*

nuelito), sintió un dolor físico, inaguantable, allí, justamente en la yugular (tan vulnerable a la muerte).

—Habrás oído cosas de mí —dijo ella.

Como algo que estaba largamente oprimido, su voz se levantó, con la sorpresa del agua, del fuego, aflorando repentinametne a la tierra indiferente de los hombres.

—Supongo —añadió—. No estaba bien vista por estos lugares. Ni siquiera por los amigos de Jeza. Nadie me quería, y tenían sus razones. Yo no era de fiar. Tenían razón.

—No me importa —dijo él, apasionadamente—. No me importa nada de lo que puedan decir. Yo sabía que tú eras su mujer. Eso era bastante. Sabes, Jeza se ha convertido para mí en lo único asible. Sobre todo, ahora, que está muerto. Lo demás no puede conmoverme demasiado, el mundo sigue siendo una cosa extraña, para mí. Sólo Jeza podía dejarme adivinar algo. Te pido a ti que...

Se calló, intimidado. Ella le mirada de forma nueva, sorprendida y, casi, monstruosamente feliz.

—Dime —dijo, casi sin voz.

De improviso los dos se habían puesto a hablar bajo (como si cien mil orejas, como si monstruosas y malignas caracolas, se abrieran, apostadas en la tierra, a nuestro alrededor).

—¿Qué es para ti, él? ¿Por qué ha cambiado tanto, a los demás...? Sabes, Manuel, hay algo que yo no puedo comprender. Jeza era algo inalcanzable, era algo que todos deseábamos, pero, a veces, pienso... parece, como si nos lo hubiéramos inventado. Tú me dices, ahora, que lo veías; y yo me pregunto si alguien le ha visto alguna vez, o sólo somos nosotros, que lo llevamos dentro, como un deseo.

—Lo he visto —dijo él, con firmeza—. Hablé con él hasta once veces. Había dos rejas, y un hombre entre los dos, escuchando todo lo que decíamos. Pero yo le veía allí, detrás de los hierros, y eso me bastaba. Luego te escribía.

(El hombre pálido dijo: *bueno, ya no hace falta,* me devolvió el tabaco, el chocolate, esas cosas pueriles que, a veces, pueden dar tanto, y luego, me dijo: *siéntate ahí fuera, tu amigo te va a mandar recuerdos;* y me trajo el viento dulzón que bien conozco. Pero, ¿para qué le voy a contar eso a ella, con esos ojos redondos y sedientos? Y: *ya me lo imagino, ¿cuándo? Llegas a punto, esta madrugada,* dije: *¿puedo verlo?* Y le puse en la mano que ya esperaba, como una blanda y húmeda quijada, el dinero, y dijo: *Puedes preguntar al director.* El hijo de Jorge de Son Major —no el pobre y apestado Manuel Taronjí, al que se arrojó un perro muerto en el pozo—, pudo verlo. Estaba allí, tendido, terroso, él con su noble calavera tensando la piel fina, y los ojos azules abiertos al vacío.)

—Manuel —dijo ella. Y le dio la mano, y se la apretó.

(Siento un deseo de palabras, las palabras que siempre me parecieron insuficientes. Puedes hablarme todo lo que quieras. Lo que no desées, no lo oiré. Pero, dime algo, eso puede hacernos mucho bien.)

Ella añadió:

—Te hablaron mal de mí, ¿verdad? Incluso Jacobo te habló mal, ¿no?

—Sí —contestó, con un contradictorio alivio.

—Me gusta que digas la verdad. Estoy cansada de callar, estoy exasperada, por tanto silencio...

Miró alrededor; a las suaves colinas, a la tierra, a la bruma de las cosas (nuestros minutos ruedan opacamente al fondo del tiempo).

—Ven conmigo —dijo Manuel—. Ven, hablaremos. Deja esto, me oprime verlo. Mi casa está cerca del mar, puedes ir allí, si quieres; y hablaremos. No sé por qué, me parece que podemos estar hablando mucho, de todo lo nuestro. Presiento que algo no está perdido.

De pronto le pareció mucho más joven que él, a pesar de que era tres años mayor. Parecía perdida y asustada.

—Ven, deja esto.

—Sí —dijo en voz baja—. Vámonos de aquí. Necesito pensar, hablar. He callado tanto tiempo, que casi no reconozco mi voz. Manuel, déjame decirte cosas, quizás estúpidas o inútiles, pero si te hablo, poco a poco irá brotando la razón, ¿no sé decirlo, Manuel?

—Sí. Sí sabes.

Ella le acarició la mejilla con el revés de la mano. Era un gesto casi maquinal, pero confortador; más que todas las palabras de amistad que pudiera decir.

El chófer volvió a asomarse, impaciente.

—¿Ha decidido algo?

Él la miró, y ella apenas dudó un minuto:

—Sí, volvemos en seguida. Sólo el tiempo de hacer mi maleta, y nos vamos.

Marcela entró, despacio.

—Es lo mejor que puedes hacer —dijo—. Intenta recuperarle, si puedes. Vete con Manuel. No te preocupes por el niño, yo cuidaré mientras tanto de él. Pero baja allí, pide su cuerpo, pídeles que te lo dejen enterrar.

Todo el mundo se paraba ante aquella verja, como ahora ella; con una especie de estupor, de extraña espectación. El silencio y el rumor del mar, el largo grito del viento en el acantilado, detenían, antes de atravesar el umbral.

—¿Ésta es tu casa?

—Ahora sí. Tú puedes quedarte aquí todo el tiempo que quieras, nadie te molestará. Yo vivo allá abajo, en el declive.

—No me molesta nadie —dijo ella, con su casi desbordante apatía.

La empujó suavemente por el hombro, y entraron.

Sanamo llegó, arrebujándose en su chaqueta. (Larga logia sombría, el blanco siniestro de los arcos cobija un silencio espeso.) Los postigos, pintados de azul, aparecían herméticamente cerrados. Murieron ya las cabezas malvas de las flores, y la tupida enredadera se deshojaba lentamente, descubriendo su fino esqueleto negro. Con mil brazos tendidos hacia las paredes, como una muda y desesperada súplica. (Ahí están los magnolios. En este mes, desnudos. El tejado rojizo, las tejas tan pulidamente hermanadas unas con otras, sobre la blancura de la cal; y todo tan viejo, tan derrumbadamente amado.)

Con las hojas muertas, Sanamo prendía pequeñas hogueras. Un humo rojizo flotaba entre los árboles del jardín, y el olor de hojas encendidas le entró por la nariz, como una droga (no quedan flores, sólo las odiadas rosas de octubre, rojo sangriento, negras casi; como malvados rostros acechantes, apasionadamente tersos y antiguos, desde lo más hondo del jardín). En la mesa de madera, bajo los árboles, donde él acostumbraba a comer, latía una oscura ausencia (y bajan los pájaros, ateridos, en busca de migajas; de una presencia que ya no es, ni será jamás. Nadie heredará sus tardes encendidas, viejo sol, nadie heredará sus recuerdos, ni la turbia tristeza de sus noches muertas, todo terminó en sordos lamentos de funeral, y el opaco silencio de la tierra, a paletadas sobre su cerrada cabeza de hombre). Sanamo se quedó con la boca abierta. (Pensará: *esto es demasiado, horrible, traer a casa a esa mujerzuela.*)

—Abre la puerta, Sanamo. No tengo las llaves.

El humo, se venía hacia ellos, en una ráfaga de aire. Tras los muros, el mar, se lanzaba contra el acantilado. (El mar de siempre, golpeando los muros de siempre.)

—Aquí había una parra, con uvas —dijo Manuel, y la condujo. De lo alto de la pérgola colgaban los racimos, verdes y rosados.

—Es su mes —dijo Sanamo, con un encendido rencor en la voz—. El mes de las uvas, del vino, y de las rosas. Todo lo que él amaba tanto.

Ella no parecía oírle. Se quedó mirando hacia arriba, el cabello brillante y dorado sobre la espalda, la boca entreabierta. Él se apercibió entonces de la pobreza de su ropa. Llevaba un jersey de marinero, de cuello alto, palidecido por las muchas lavadas. Sanamo se apartó otra vez. Acercaba las hojas con el rastrillo, raspaba el suelo con furia contenida, como si quisiera arrancar la piel del mundo. En el rincón del jardín las llamas crepitaban, levantando lenguas doradas, azules. Una nube de partículas negras, como diminutos diablos, cayó sobre ellas, y pareció despertar a la muchacha. Sacudió su cabello, sus hombros.

—¿Nunca saliste de la isla? —dijo de pronto.

—Nunca.

El rastrillo continuaba amontonando hojas caídas. Sanamo dejó un puñado de llaves sobre la mesa. Luego se alejó.

5

Se detuvo ante la fiel reproducción del Delfín, encerrado en una botella verde.

—Lo hizo Es Mariné —explicó Manuel. Pero sabía que ella miraba sin ver, que sus pensamientos estaban perdidos en algún lugar, lejos de allí.

—No quiero su cuerpo —dijo, súbitamente—. Los hombres no tienen nada que ver con su cadáver.

Él le puso una mano en un hombro, y a su vez ella levantó la suya, pequeña, delgada y fría, y se la oprimió.

—¿No pudiste verle nunca?

—Nunca desde que se lo llevaron.

No pude despedirle, siquiera. Hacía cuarenta y ocho horas que no le veía. Estábamos citados aquella misma tarde, se había reunido con Jacobo y el marinero italiano. Ni siquiera le pude decir: *Adiós, Jeza, que tengas suerte*. Ni mirarle por última vez.

Tenía los párpados secimerrados:

—No, ni mirarle por última vez, porque el último día que le vi, te aseguro que no presentí nada. Mentiría si te dijera que lo presentí. Fue luego, en aquellas cuarenta y ocho horas, cuando me vino como un viento malo. Hasta que me telefoneó Jacobo.

(De repente dejó de llover. Hacía apenas unos minutos —parecía— que oía el golpeteo del agua contra la claraboya, y, sin más, levantó la cabeza, y notó un silencio pegajoso, como un vaho. Le dolía la cabeza. Se la cogió entre las dos manos: era una sensación rara, como si aquella cabeza suya flotase en el gran silencio que inopinadamente despertó alrededor. Se acercó a la cristalera y la abrió. Entró una bocanada de aire fresco. Vio como las gotas temblaban y caían, desde el alero, brillando. Allá arriba el cielo estaba gris, hinchado y azotado como una lona. Bajó de la escalerilla y empezó a buscar algo que comer. Encontró una pastilla de chocolate. Lo mordió. Estaba terroso, con un raro gusto a miles de cosas, no sabía ciertamente a qué. En aquel momento sonó el timbre del teléfono, y el corazón le dio un golpe. Sintió el terroso chocolate entre los dientes, como si fuera arena, y avanzó la mano hacia el auricular.

—¿Sí...? —dijo tímidamente.

Del otro lado llegó la voz ahogada de Jacobo.

—Ven en seguida. Hace falta que vengas. Ten cuidado.

Tragó despacio, notó la boca seca, pastosa, y sintió unas horribles ganas de escupir; y el estómago como volviéndosele al revés. Estuvo a punto de gritar, de chillar como una rata y decir: *Han venido, ¿verdad que han venido? ¿Ya ha terminado todo, por fin?* En algún momento durante las últimas 48 horas se dijo: *saber que todo ha fracasado, se ha fundido, ha terminado, será, qui-*

zás, un descanso. Pero ahora no veía ninguna paz, ningún alivio. Colgó el teléfono y se quedó quieta, encogida, con la espalda pegada a la pared. Le cruzó un pensamiento: *No me voy a mover de aquí. No me voy a mover, si quieren que vengan ellos a buscarme, pero yo no me voy a mover de aquí...* Sabía que no podían venir en seguida, que por lo menos tardarían ocho o diez horas... ¿Podría aguantar aquel estado, siquiera durante una hora más? Tuvo deseos de golpearse la dolorida cabeza contra la pared, porque, de pronto, todo le parecía torpe, todo le parecía que fue llevado a cabo sin habilidad, sin precaución, ni cuidado. Ni Jeza, ni ella, ni Jacobo. Unos idiotas confiados en su buena estrella. Y no había estrella alguna, allí.)

Fue hacia el diván tapizado con aves y flores de una tierra lejana, que él tanto admiraba de niño. Se sentó, con aire ausente, y él fue a buscar las copas.

—¿Te gusta beber?

—Bueno —dijo.

Qué sola se la veía allí, de pronto, y qué joven. Casi una niña, a pesar de sus veintidós años, y de todo lo que sabía o había oído decir de ella. Ni siquiera Es Mariné, ni Zacarías la querían: (*Qué lástima, Jeza, cargar con una mujerzuela como esa,* dijo José Taronjí.) Y, sin embargo, allí estaba, con sus inocentes ojos, como un pececillo atrapado, también, en la gran red del mundo. Había algo distante, casi intemporal en ella. (Es cierto que es bonita.) El rubio cabello, liso y suave, brillaba en la penumbra. (Pero no es su belleza lo que atrae. Es algo que flota con ella, allí donde va. Cuando habla, cuando calla, algo vive a su alrededor; bandadas inapresibles, frenando el vuelo.) Llenó la copa y se la tendió. Ella bebió, con fruición casi infantil.

—Tengo miedo —dijo súbitamente.

Cuánto oía, él, aquella palabra.

—¿De qué?

—De mí, ahora que él no está. No tengo confianza en mí misma. Tengo miedo de rodar y rodar y rodar, y traicionarle.

Se miraron en silencio.

—Entonces, qué poca cosa somos —dijo Manuel en voz baja.

Ella apoyó la cabeza en el respaldo. Grandes pájaros amarillos y azules, batían alas, inmóviles, detenidos en un extraño vuelo, sobre la tapicería, alrededor de su cabeza.

—Qué vida corta y fea —dijo—. Se puede contar en pocas palabras, y no muy edificantes...

Él aproximó el almohadón turco (como cuando Sanamo decía: *¿Conoces la historia del príncipe amenazado de muerte, el del turbante de plata? Su padre le quería salvar de la muerte y lo encerró, y lo cuidó: hizo cavar una gruta bajo la roca, y sólo él iba a verle, y a traerle fruta. Y un día, cortando un trozo de melón, dulce como la miel, dejó su puñal en un alto resquicio de la gruta, y el puñal cayó sobre él, mientras dormía, y le partió el corazón.* Y yo, encerrado, para que la vida no me contaminase. Pero la vida, y la muerte, se abren paso por rendijas y junturas, la vida y la muerte estallan, y caen, y parten el corazón). Tuvo que hacer un esfuerzo para seguir lo que ella decía.

—Mi madre tenía un hotel, en San Juan. Eso era por los años treinta y tres, o treinta y cuatro. Pero antes tuvo una casa de compra-venta y empeño.

(La mano tendida, las uñas largas. Ella soñaba por las noches con los ojos duros y coléricos de su madre, los globos encendidos de sus enormes ojos dorados, su marchita belleza. Sabía huronear la pobreza, y ganar en ella. Recordaba la tienda de compra-venta, en Madrid, en una callejuela de la Corredera Baja. Las sábanas palpadas, los abrigos de niño cuidadosamente examinados del forro a las solapas, los cuellos en los que la uña raspaba, en busca de una mancha:

—Un duro por esto.

Los cubiertos de plata, los paquetes alineados en las estanterías, y aquella pastora de porcelana, en manos de la vieja de cabello empolvado, cuya voz temblaba y decía: *Es lo último que me queda,* y la madre lo cogió, y ella notó el dolor en los ojos de la vieja, de cuyo cuello pendía una cadena de oro, con un retrato muerto —también mueren las fotografías—, tan muerto como su marchito esplendor; y su madre dijo:

—Aquí no puede haber sentimentalismos, señora, el negocio se hundiría.

Y, cuando la anciana se fue, y sonó la campanilla sobre su empolvada cabeza, los dientes de su madre brillaron y dijo:

—Es muy bonito andar mendigando un poco de compasión y romanticismo cuando se ha dilapidado una fortuna, una verdadera fortuna en lujos, y coches, criados y chulos.

Entonces ella preguntó:

—¿Qué es un chulo?

Y su madre le dio una bofetada:

—A tus deberes, niña.

La fiel y turbia Dionisia, que, entonces, aún no había encanecido, y llevaba una negra trenza sobre la cabeza, tan azuleante como su bigote, dijo:

—A ésta, Elena, debes meterla a toda pensión. Va siendo mayor, no conviene que oiga y vea tantas cosas.

Su madre la miró con una curiosidad desasosegada.

—¿Mayor? —dijo. Y fue la primera vez que notó la alarma en sus grandes ojos. Dijo:

—Bueno, ya lo pensaré.

Ella aún iba, entonces, a un colegio modesto, de barrio, cerca de la tienda. Hacía los deberes allí, en el mostrador mismo, cerca del enorme reloj de hierro que nunca venderían, lleno de polvo. Entraba el invierno, con el pálido sol levantando un picante olor de la madera y del polvo, en los paquetes alineados en los estantes, con sus nombres, y su fecha, donde dormían abrigos de niños y de hombres, anillos de boda, relojes de la abuela, abanicos, cajitas de laca, brazaletes, sábanas del ajuar de la novia. La pastora de porcelana estaba allí, sobre el mostrador, terriblemente asustada. Ella avanzó su mano tímida hacia la pastora, y, Dionisia —socia-amiga de mamá—, le dio un manotazo:

—Quita, estúpida, lo puedes romper.

La pastora fue envuelta en papel de seda, cuidadosamente guardada en una cajita de cartón, y clasificada con el nombre de la anciana, y la fecha de su empeño.)

—El hotel era su orgullo, su pasión, todo lo que ella había levantado con esfuerzo. Me pudo andar escondiendo sólo hasta los dieciocho años.

—¿Por qué? (El apresado Delfín quiere estallar, romper su prisión de vidrio, lanzarse como un meteoro hacia alguna parte, donde no pueda oír las viejas, olvidadas, perdidas confesiones de los niños.)

—Me tenía prácticamente encerrada. No quería que nadie supiera que tenía una hija tan mayor. Me retuvo en el internado todo lo posible. Otras chicas salían a los dieciséis años, pero yo no. Estuve el máximo de tiempo. Me hubiera amordazado, enterrado, si hubiera podido, para que nadie me viera nunca. Quizá me odiaba.

—¿Por qué?

—Porque deseaba retener a un hombre, mucho más joven que ella. Estaba loca por él, tenía miedo de que él la dejara. Se llamaba Raúl. Para ella fue una enfermedad, una verdadera enfermedad. Yo tuve que pagar aquel desesperado amor suyo.

(No era un mar como el de la isla, sumido en un silencio extraño, como si llevara una tempestad guardada dentro. Era un mar gris y exasperado, y ella corría por la playa, recogiendo conchas rosadas, para hacerse un collar. El hotel se alzaba, bello y ruinoso, como su propia dueña, sobre la roca, cerca de la muralla. Su madre había dicho: *No te acerques por el hotel hasta las cuatro.* Y ella vagaba. Tenía quince años, y su madre acababa de conocer a Raúl. Eran las vacaciones. En lo alto del hotel había unas dependencias estrechas, para los criados. Allí la alojó, con las muñecas y la bicicleta.

—Vas a vivir muy bien aquí, ¿verdad adoradita mía?

Dionisia, ahora gobernanta, con su bigote azulado sobre el labio —ella vio cómo por las noches se lo cubría de una pasta blanca; la dejaba un rato y se sentaba junto a la ventana abierta, abanicándose con su pay-pay con un anuncio de galletas—. Y ella le preguntaba: *¿Por qué haces eso, Dionisia? Calla la boca, idiota.* La empujaba a su camita:

—Duerme ya de una vez, no se te ocurra bajar.)

—Mi madre trabajó mucho, toda su vida, y por fin tenía aquel hotel. Venían muchos extranjeros, y españoles, durante las épocas de verano. Pero la ruleta estaba abierta siempre.

Por primera vez, Manuel la vio sonreír.

—Incluso para comer, yo tenía que hacerlo a escondidas. Tenía que ser a espaldas de todo el mundo, de los clientes, y, sobre todo, de Raúl. Le hablaba de mí, le decía: *La niña, mi hijita...*, pero procuraba que no me viera nunca. Me humillaba mucho que me obligara a vestir infantilmente, a peinarme con trenzas, como una niña. Pero, te confieso, mi madre era una mujer muy desgraciada. Ahora, después, comprendí todo lo desgraciada que debía sentirse, para hacer eso. Ella temía, temblaba, cada minuto que pasaba, como si se dijese: *un minuto de menos, un instante más de vejez, un minuto de crecimiento, en Marta.*

—¿Te llamas Marta?

—Sí, ¿no lo sabías?

—No. José Taronjí, Jacobo, y los otros decían: *la mujer de Jeza.* Ahora me doy cuenta, no sabía cómo te llamabas. Yo enviaba las cartas a Marcela, recuérdalo.

6

Tú has pagado una culpa que no cometiste. Marcela me lo dijo: *a ése le van a hacer un santo entre todos.* Pero yo creo en un orden, que algún día tiene que llegar.

Había dolor y una contenida desesperación en sus palabras.

Bebió un sorbo y apareció un tenue resplandor rosado en sus pómulos.

—No tuve infancia, Manuel, y tú sí. Mi infancia es algo seco y muerto. Recuerdo, tan sólo, que deseaba, como todo premio, ser una mujer como mi madre. La odiaba y la admiraba. Estaba tan sola, con ella y una horrible mujer, llamada Dionisia, que sólo sabía decir: *ella,* refiriéndose a mi madre. Estaba harta, ya, cuando hice aquello. Harta y cansada de estar sola. Tenía que vengarme.

—¿Qué hiciste?

Súbitamente una gran ternura le invadió, por su sequedad, por su voz perdida, como un pájaro, dándose golpes en las paredes. (Recoger los trozos partidos de eso que llaman *no infancia,* reconstruirlos y dejarlos en algún lugar para que pueda tocarlo un día, como un objeto raro.) Manuel volvió a llenar las copas. Sanamo seguía prendiendo hogueras en el jardín, olía a humo. Repitió, con voz, a su pesar, imperiosa:

—¿Qué hiciste?

Miraba ahora hacia los ventanales, con sus descorridos terciopelos, por donde entraba el fulgor de la tarde. Ya no había allí palomas, sólo un jardín invernal, frío, tan vacío de presencias como un páramo. En un tiempo pudo parecerle rosado y familiar, pero, ahora, más se le antojaba una cárcel, entre los altos muros de piedra.

El vino brillaba en los labios de Marta, y había algo purpúreo en aquel brillo, a pesar de su palidez. La encontró distante, como alguien de quien hubiera oído hablar en algún tiempo, algo que le hubieran contado y en lo que, a su pesar —ni aún revisando fotografías o documentos— pudiera creer.

—No era una niña —dijo ella, como un grito. En aquel momento se dio cuenta de la primitiva belleza de sus ojos, de la fuerza desatada que cabía en aquellos ojos dorados, que le parecieron los de un muchacho inocente.

(Elena, su madre, era una mujer hermosa, o, al menos, a ella se lo parecía. Alta, con largas piernas y manos grandes, de una belleza particular, con uñas que se curvaban hacia adentro, como las de los pájaros. Recién maquillada, obligaba a contemplarla durante unos segundos, con cierto asombro, y decidir: es hermosa. Pero cuando bajaba a darle los buenos días, y la encontraba sentada en el tocador, frente al espejo, recién levantada de la cama medio desnuda, con la taza de café enfriándose, como perpleja frente a la cantidad de tarros, tubos y frascos; con miles y miles de diminutas cuchilladas en torno a los ojos y la boca, en las comisuras y el entrecejo; bolsas amoratadas bajo los ojos, un estupor casi animal en sus pupilas, las niñas dilatadas y fosforescentes, entonces, pensaba: *es peor que fea, jamás la fealdad fue tan horrible como ella, ahora, bajo la cruda luz del día.*

Allí arriba, bajo el tejado, en su habitación estrecha y larga, Elena alineó una docena de muñecas. Nunca le gustaron a ella las muñecas, y éstas le producían horror, durante las noches, bajo los relámpagos verde y rojo que recibían del anuncio luminoso de la Casa de los Negros, y el anuncio intermitente, amarillo y verde, que anunciaba los cigarrillos, en la azotea, frente a su ventana. Las horribles y mofletudas muñecas vestidas de sedas vaporosas, empolvadas, con sus pelucas amarillas y rojizas, como áspera y brillante estopa, y su perfume —Elena venía con el pulverizador, cuando le entraba la euforia loca, subía riéndose y la llenaba a ella y a las muñecas de perfume, mientras Dionisia la miraba con ojos opacos e hinchados en su cara macilenta—; y siempre olían de aquella forma penetrante y horrible —quizá por ello odiaba ella a los perfumes—, y la miraban con sus redondos y saltones ojos azules, a intervalos encendidos por la luz roja, verde y amarilla. Ella se levantaba y pretendía echar la persiana, pero el calor la sofocaba y acababa tendida de bruces sobre la cama, sudorosa, hasta que el sol la despertaba cruelmente, otra vez. Todas las noches subía la música, la misma música, la del hotel, allá abajo, las risas de los clientes que bebieron demasiado, o las riñas, y siempre, siempre, sincopada, incompleta, cortada a pedazos, como la luz, como un viento ardoroso, la música de la Casa de los Negros. Cada vez que el portero —casi doblada sobre el antepecho de la ventana miraba allá abajo—, abría la puerta, y descorría la cortina de bambús, la música trepaba pared arriba, hasta su ventana, donde ella se dejaba medio cuerpo fuera, las trenzas cayendo pesadamente: *Un día me cortaré las trenzas.* Todas las semanas, una vez o dos, por la noche, Elena la dejaba bajar a su habitación. Dionisia le teñía el cabello mientras ella hacía solitarios.

—Aprende a teñirme las raíces, Marta. Dionisia tiene otras cosas en que ocuparse; mejor será que tú lo aprendas.

Dionisia explicó duramente, el cigarrillo en la comisura:

—Mira cómo se hace, espabílate.

Elena permanecía sentada, con el camisón de gasa arrugado, oliendo penetrantemente a perfume marchito, dormido. Dionisia cogía la cabellera entre sus duras manos, la iba partiendo en mechones: y había una alegría salvaje y mezquina en aquello, como si una pequeña venganza le empujase las manos. Zarandeaba la cabeza de Elena, que, de tarde en tarde, gemía. Dividía en varios mechones el cabello y luego, con un pincel, lo embadurnaba de una sustancia que se volvía blanca y espumosa; en la raíz, el cabello ya no era rubio, sino de un turbio color pardo, mezclado de gris. Y decía, Dionisia:

—¿Ves?, fíjate bien, Marta. Debes ir cubriendo las raíces, así...

Ella observaba; la persiana estaba echada y un vago rumor se oía allí fuera. *Es la vida* —pensaba—, *la vida que pasa y no vuelve; y estas dos ratas me quieren cortar la vida, pero yo no lo toleraré.* Miraba su vestido infantilizado, sus impropias trenzas, la curva que Elena y Dionisia pretendían oprimir, apretar, sujetar con prendas, que tenían algo de tortura medieval. *No seas indecente, no marques ahí,* decía Elena, exasperada. Tenía la mano ligera, sobre todo últimamente. Siempre la mano, grande, de huesos duros, presta a caer sobre la mejilla. Mientras le teñía el cabello, pensaba: *Ahí está ella, con sus bofetadas, la sigue una estela de bofetadas, como a los barcos la espuma, pero un día me cortaré las trenzas y de algún modo la humillaré.* A la menor causa, sentía el golpe seco, el chasquido, la risa hiriente de Dionisia:

—¿Lo ves, idiota? Ya te la has ganado.

La ira crecía; un rencor inaguantable y desatado, un odio fermentante, como levadura, en la soledad del cuarto.

—Lee y practica tu inglés —bostezaba Elena, junto a los ojos de vidrio verdoso de las muñecas vestidas de Mme. Dubarry, Mme. Pompadour, María Antonieta, Luis XV, La Cenicienta, Margarita Gautier —así las llamaba— y sobre todo, el más amado: el Húsar de la guardia —qué imbécil y raro Húsar, con sus tirabuzones—; y las otras, monstruosas parodias de mofletudas niñas, con sus duros carrillos hinchados, pintados de rouge, perfumadas, con la mustia languidez de las gasas caídas. En cuanto se quedaba sola, las tiraba por el suelo. Tenía ataques de ira sorda, solitaria. Sobre todo, si Elena la abofeteó.)

—No era una niña —repitió, con un dolor lejano—. Pero ellas querían prolongarme la infancia. Yo les estorbaba, a las dos. Hubieran querido guardarme en el estante, como a una de sus horribles muñecas.

—¿Ellas?

—Sí, mi madre y Dionisia. Dionisia era su socia, amiga, gobernanta, todo de una pieza. Estaba medio enamorada de mi padre. Y a mí me odiaba. Era su brazo derecho, su ayuda. Yo me daba cuenta de que, si le faltase Dionisia, mi madre estaba perdida. Ella le proporcionaba las drogas, por ella conoció al mismo Raúl. En tiempos, Dionisia fue camarera de barco, y hacía la ruta de Shangai a Marsella. Trataba en todo. Drogas, contrabando... Eso era aquel pequeño hotel, y todo lo demás, una máscara. La ruleta y el póquer, incluso, eran sólo la máscara de lo otro.

Bebió de nuevo, y le tendió la copa, para que se la llenase. De pronto la veía, ensoñadamente aliviada de algo.

—Háblame —dijo—. Te hará bien.

Ella se frotó lentamente la oreja, con el dedo. Se dio cuenta, entonces, de que era un gesto habitual en ella, algo que la volvía infantil y perpleja, en un segundo.

—Y Raúl, era un mediquillo sin escrúpulos, un animalito voraz y torpe, al que continuamente estaba ella llamando al orden. Elena se enamoró de él. Perdidamente. Estaba loca, completamente loca. Ella tenía cerca de cincuenta años, y él no había cumplido treinta, aún, cuando yo le conocí. Llevaban los tres el mismo rumbo. Le necesitaban, y él sabía tarifarse. Mi madre le adoraba. Raúl hacía todo lo que convenía: incluso extender certificados de defunción, por causas naturales, cuando alguien importante lo pedía. Los tres juntos, parecían poderosos. Raúl proporcionaba muchachitas, casi niñas, a viejos clientes del hotel.

—¿Dónde era?

—En San Juan, cerca de la frontera. Pero tenían otro hotel, más pequeño, en Irún. Allí mandaba Raúl; casi todos los días pasaba en su coche. Todo lo fui sabiendo, poco a poco, a fuerza de oír y escuchar, de vagar como un alma en pena por los altos del pequeño hotel, de poner la oreja en las cerraduras o fingirme dormida. Iba enterándome de todo, iba llenándome de todo, gota a gota, como un veneno.

(En la oscuridad de la noche las puertas crujían. Dionisia tenía dos gatas blancas, hermosas y exasperadas. Aprendió a andar descalza, en puntillas, rápida y escurridiza. Una estrecha escalera de caracol, unía su habitación abuhardillada hasta el rellano del segundo piso. Su madre vivía en la planta baja. Ella odiaba los gatos, y, a menudo, cuando salía prohibidamente de la habitación tropezaba con una de las gatas —*Minou* y *Laka*, se llamaban—, sentía el roce tibio y blando, electrizante, en sus desnudas piernas y retenía un grito de asco. Escuchaba, oía, aprendía. Las puertas que, al salir, dejaba intencionadamente mal cerradas, los resquicios de luz, el polvo filtrándose, con las palabras, en una danza menuda y maligna frente a sus ojos. En cuclillas, a la hora en que se reunían ellas dos, y él, en el saloncito privado de Elena, apretada contra el ángulo oscuro, junto al descascarillado de la pared que lentamente raspaba con la uña, escuchaba, y, a veces, entendía, y, a veces, forjaba otras historias que más tarde turbaban su sueño. Luego, las intencionadas frases, las burlonas medias palabras de camareros y criadas. Ella sólo podía bañarse a primera hora de la mañana, cuando iban a la playa los empleados del hotel. Les veía tenderse al sol, echarse agua unos a otros, temblar y reír. Ella permanecía mirándoles, apartada, triste. Uno de ellos, un camarero llamado René, se le acercó dos o tres veces, furtivo. Le tendía la mano, la invitaba a entrar con él en el agua. Pero ella corría, escapaba y, de improviso, descubría que tenía miedo de la gente. Miedo de hablar, de contestar a las preguntas. Los ojos verdosos de René, sus pestañas cubiertas de gotas centelleantes. La invadía una sensación de desaliento infinito: *Tengo dieciocho años,* se decía, llena de estupor, frente al espejo, contemplando su rostro fino y suavemente dorado por el aire del mar, las trenzas rubias, los grandes ojos pensativos. Su cuerpo también era hermoso; su cintura, sus piernas, sus brazos. El sol entraba, marcaba un ángulo sobre sus costillas, oscuramente, y se notaba en la piel la zona más blanca del traje de baño.

—¿Por qué no puedo ser como todo el mundo, ir a donde todo el mundo? —le gritó a su madre, aquella noche, mientras empezaba a teñirle la raíz del áspero cabello.

—Calla, eres una niña.

Dionisia se volvió a mirarla. Un oscuro cigarro ardía en su boca, y apilaba facturas, ensartándolas en un punzón de metal, agudo y dañino como su mirada.

—No soy ninguna niña, ya tengo dieciocho años. Ninguna chica de mi edad tiene que esconderse como yo.

Dionisia lanzó una risita a través de su cigarro y, Elena volvió la cabeza, poblada de mechones a medio teñir, la miró duramente, y dijo:

—Bueno, me estoy cansando, Marta. Obedece.

Y añadió, más suave:

—Algún día me lo agradecerás. Aunque, tal vez, sí puedas entender esto: sólo quiero preservarte del mal. Mira, hija, adoradita mía, piensa que tu madre te quiere limpia y pura como una paloma. La vida es dura, cada uno se defiende como puede, y yo sólo deseo tu bien. Obedece y no me molestes.

Era cierto, sabía ya muchas cosas. Dejaba la puerta entreabierta, se arrebujaba y escuchaba. A veces, alguna extraña cliente llegaba, y, para ella, se abría la habitación alta, en el ala derecha, gemela a la suya. Permanecía muy poco tiempo; llegaba Raúl, oía un sordo gemir que se parecía mucho al maullido de *Laka*. Al día siguiente, u horas después, volvía a salir la cliente, pálida, los labios blancos. Se encerraban en el saloncito, se iba, y no la volvían a ver. Un día vino un hombre maduro, con una muchacha, casi una niña. La muchacha se quejaba de algo, mientras subían la estrecha escalera de caracol. Él la abofeteó. Le dijo a Dionisia, cuando entró a rebuscar en su baúl:

—A ésa le van a dar un pinchazo, ¿no?

Dionisia, en lugar de enfurecerse, echó la cabeza hacia atrás y empezó a reírse:

—Ten cuidado —le dijo—. Ya sabes lo que te puede ocurrir. Pero, en fin, una pequeña operación, y no ha pasado nada. Hija mía, menos la muerte, todo tiene remedio en este mundo.

Aquella noche, cuando ya estaba tendida en la cama, con la ventana abierta, y subía la música de la Casa de los Negros, se abrió la puerta de su habitación y entró Dionisia. Encendió la lámpara de la mesilla: un ojo verde y redondo, muy cerca de su cara. Dionisia se sentó a su lado, y empezó a acariciarle las piernas:

—Es verdad, no eres ninguna niña, tienes mucha razón. No debe hacer esto contigo, Martita, pobrecita mía.

Ella no se atrevió a moverse. Dionisia seguía acariciándole las piernas:

—Eres preciosa, Marta, si pudieras vestirte y arreglarte como las demás.

Fue y le soltó las trenzas. La llevó al espejo y le peinó el cabello, largo y rubio, que le caía más abajo de los hombros. Un cabello liso y casi metálico en su brillo. Dijo Dionisia:

—Mira, niña mía, si me prometes tener cuidado, y cuidarte de los hombres, yo te dejaré salir un poco por ahí.

Su corazón golpeaba furiosamente, no sabía si de ira o de salvaje alegría.

—Sí, te lo prometo, quiero vivir, Dionisia, quiero vivir.

Dionisia se echó a reír y acercó su cara a la de

ella. A pesar de su dulzura no podía haber ternura en sus gestos, todo era anguloso en ella, se notaban sus huesos cerca, pinchando, empujando la carne. Olía a algo raro, casi medicinal, y dijo:

—Pero ten piedad y respeto de tu pobre madre. Sabes, niña, cuando yo la conocí ya había luchado mucho. ¿Te acuerdas de la tienda en Madrid?

—Sí, me acuerdo.

—Pues ella, sólo ella la levantó con sólo su esfuerzo; había salido, la pobre, de la nada. Pero tenía una debilidad: los hombres. Tenía, y tiene, la perdición de enamorarse. Cuando yo la encontré estaba desesperada, te llevaba a ti en el vientre, y tu padre, un milanés rubio y guapo como tú, la había abandonado, el muy canalla, llevándosele casi todo, medio arruinándola.

Dionisia se quedó pensativa, en alto la mano derecha, que sostenía el peine. Se arregló el propio cabello y añadió:

—Así empezamos, juntas. Yo tenía algún dinero ahorrado, y estaba cansada. Tú sabes, yo hacía entonces la ruta de Shangai a Marsella, había vivido un tiempo en Saigón y en Macao, tenía mucha experiencia, algún dinero y muchas amistades. Le dije: *No seas tonta, Elena hazme caso,* y continuamos con la tienda, porque era una buena pantalla para nuestro verdadero negocio.

—¿Qué era? —preguntó ella fingiendo inocencia. Pero Dionisia mostró sus dientes amarillos:

—Bien lo sabes, ladrona.

—¿Me lo dejarás probar?

—Nunca, a ti nunca. Has de crecer mucho aún. Y, sólo si me prometes no estropearte con los hombres.

—¿Por qué los odias?

—Porque son sucios, y groseros.

—¿Y Raúl?

—El peor de ellos. Tu madre pagará muy caro el amor a ese perro. Pero es listo, útil, no tiene conciencia, y ella le adora. Ahora, vete a dormir, niña. Échate y descansa.

—¿Y luego? Cuéntamelo todo, ahora que has empezado.

—Luego dejamos la tienda, y montamos los Hoteles. Yo tenía buenas relaciones aquí, en San Juan, y en Irún. Fui yo quien le presentó a Raúl. A veces no sé si alegrarme o lamentarlo. Raúl es una pieza difícil, en este juego: la que gane la batalla, o la pierda.

Esto último quedaba un tanto confuso, pero se le despertó un mayor deseo de conocer a Raúl. Sólo vio de lejos, desde la ventana, su Panhard verde claro, descapotable, frente a la Casa de los Negros; y, a veces, su voz, a través del tabique

Cuando Dionisia se fue, aún quedó allí su presencia; y había una gran burla en las caras mofletudas de Madame Pompadour, del horroroso Húsar, con tirabuzones y lunar en la mejilla, todos llenos de colorete pringoso que les aplicaba Elena, cuando la euforia. Se levantó, les escupió en la cara una a una, hasta que le pareció que se quedaba sin saliva, y que el paladar y la lengua se le secaban.

Alguna noche más, volvió Dionisia, con sus historias y sus caricias, y, una vez, le trajo un vestido bonito; un traje de mujer.

—¿De dónde lo sacaste?

—Mañana te llevaré conmigo.

Pero de improviso una sorda ira le llenó; y dijo:

—No quiero ir contigo a ninguna parte, no es así, esto es otra cárcel.

Dionisia se encolerizó:

—Obedece o será peor.

No se dejó acariciar, ni peinar, ni pintar, como otras veces. Dionisia dijo:

—Ya te calmarás.

La abofeteó, se llevó el vestido, el rouge y el perfume. *Minou* y *Laka* empujaban la puerta, querían entrar. Oía sus uñitas contra la madera de la puerta, arañando y quejándose; como aquella niña a la que hicieron una sencilla operación.)

Sanamo entró, encendió lámparas, levantó sombra. Manuel y ella se miraron, como desconocidos. Algo parecía roto.

7

ENTERÁNDOTE de todo, gota a gota, como un veneno —repitió Manuel, intentando reanudar la voz de ella—. Yo también sé de eso.

Marta asintió, débilmente. El vino, ligero y rosado, empezaba a sumirla en un sopor suave, quizá bienhechor.

(La escalera de caracol, oscura y retorcida, en cuyo ángulo brillaban los dos botones fosforescentes de *Laka*. Descalza, envuelta en el batín, bajaba hasta el rellano del segundo piso, con sus macetas de palmeras enanas. Luego, el otro piso, y la planta. Cruzaba la puerta de las dependencias privadas, el pasillo oscuro, y, allí estaba, la puertecita trasera del gabinete de su madre. El montante de cristal, tan conocido últimamente. Era una puerta que nunca abrían, estaba muy oscuro, y ella trepaba por la escalerilla de mano. Levantaba el cristal esmerilado, ponía el palito en la cadena, acercaba los ojos a al franja abierta, los veía, y oía. A él, con más atención y curiosidad. Sobre la espalda, la nuca cubierta de pelo crespo y brillante, tenía algo poderoso y sobrecogedor, atemorizante casi, y recordaba: *son groseros y brutales*. A veces discutían. Ella sólo distinguía franjas de personas y muebles, en un revoloteo que, de tanto en tanto, le obligaba a entrecerrar los ojos. Otras veces llegaban las voces, lejanas, como perdiéndose en un remoto país, los muelles sacudidos, y, una vez, los pies de Raúl, acercándose a su zona de visibilidad, desnudos, morenos, casi negros, como la alfombra. Eran los pies de un animal misterioso y desconocido. *Nunca vi a un hombre de cerca.* Cuando entraba Dionisia en el gabinete, hacían sus cuentas, bebían y discutían. El humo de sus cigarrillos subía a la franja por donde se adormecían sus ojos. Mantenía el cuerpo contraído, como lleno de agujas, pero la curiosidad y la desesperación podían más que su fatiga, y seguía allí, centinela, y oía como Dionisia le decía a Raúl: *Ya estás echando barriga, ya estás calveando, amigo. Cuando yo te conocí parecías un dios griego, y ahora, ¿qué?, un orondo señor, sudoroso y panzudo.* Estas bromas no gustaban a Raúl, y contestaba con groserías, o con un olímpico desprecio. De todos modos, se notaba que, de alguna forma, temía a Dionisia. *Éste era un niño bonito* —decía Dionisia— *lo que se dice un dulce hijito de mamá. Y, además, soñando con ideales puros y nobles, la medicina al servicio de la humanidad, ¿no?, ¿no decías eso?* La vez que le habló así, algo había entre ellos, del negocio, de dinero, que era lo que verdaderamente les exaltaba. Sobre todo a Raúl. Ese día, tiró la silla, y empezó a oír sus pisadas, sofocadas contra la alfombra, como mazazos, y las lejanas súplicas de Elena: *no os excitéis así el uno al otro, Dios mío, os lo suplico, que haya paz.* Y la risa dura e hiriente de Dionisia.

En aquel momento, algo falló. La odiosa *Laka* se deslizó sutilmente entre sus piernas, empujándola. Perdió el equilibrio e intentó agarrarse a las manijas: pero no podía, era como un sueño envuelto en humo, cayó, y un gran ruido dejó en suspenso la discusión del otro lado de la puerta. Quedó en el suelo, con un gran miedo. Sin saber por qué, imaginó los pies oscuros de Raúl contra el suelo; oyó las pisadas, y cómo descorría la mesita que había delante de la puerta. Luego, toda la luz, espesa y cuadrada, cayó sobre ella, como si la luz de la habitación se hubiera convertido en un bloque amarillento, desgajándose desde el marco recién descubierto de la puerta. Cerró los ojos y se sintió levantada y zarandeada por un brazo, y oyó una voz áspera y sofocada, como eran sofocados los pasos en la alfombra de aquella habitación, y el grito amordazado, de una voz que salía por entre dientes apretados. La arrastraron hasta el centro de la habitación, mientras se obstinaba en mantener los ojos cerrados, y oyó la repentina y dura risa de Dionisia, y la voz de Raúl que preguntaba, sin dejar de zarandearla.

—¿Quién es? ¿Una criada?

Pero su madre se la arrebató de las manos, y, de pronto, se sintió apretada contra el pecho flácido y cubierto de arrugada gasa, se le incrustó en la mejilla la cruz de oro que llevaba siempre al cuello; las manos la apretaban como si quisieran taladrarle los brazos, y el temblor de su voz:

—Déjala, Raúl, es una criatura, es una niña.

—¿Pero, quién es?

—¡Es su hija! —vociferó Dionisia.

En aquel momento se atrevió a abrir los ojos, y vio los dientes amarillos de Dionisia, riéndose malvada y salvajemente, chirriando como metal sobre un mármol. Elena estaba pálida, todas sus arrugas gritando, de pronto, en las comisuras de su boca, pintada falsamente en forma de corazón, y los ojos enormes y cargados de Rimmel y de Kool, sus dilatadas niñas como negras estrellas errando extrañamente, como astros apagados; y dijo:

—Es una niña —aún por dos veces más. La apretaba, contra ella. Pero no era amor, era un deseo bestial de esconderla, fundirla, de, quizá, regresarla al vientre donde nunca debió haber alentado, se dijo en aquel momento —y le extrañaba a ella misma tener aquel pensamiento, justamente en aquel momento— *pues, ¿por qué no se hizo una sencilla operación?* Y, al mismo tiempo había un terrible, oscuro grito que se levantaba, como el agua de la tierra, como agua apresada y violenta, un grito que decía: *quiero vivir, quiero vivir;* y se desprendió de aquel brazo que, de ningún modo, era de amor, y dijo:

—Yo no soy una niña, y te odio. —Escupió en el suelo, y una ira terrible la llenaba. Se volvió hacia Raúl y, entonces, lo vio de cerca por primera vez. Era algo tan sorprendente; allí estaba la vida, extraña y desconocida, casi pavorosa, delante de ella; la vida estaba mirándola. Era mucho más alto de lo que le pareció desde la ventana —*siempre lo vi a vista de pájaro*— y casi le entraron ganas de reírse, porque él estaba mirándola con un asombro inmenso, un mechón cayéndole sobre la frente y aquellos ojos oscuros, como no vio nunca, tan llenos de negrura, apenas se veía córnea en ellos, y la piel bronceada; la camisa desabrochada sobre un poderoso cuello, que ya le sorprendió en sus atisbos por el montante; y, entonces, un escondido relámpago la sacudió de arriba abajo; y empezó a reírse.

—¿De qué te ríes, estúpida? —dijo Dionisia Pero ella también se reía, y Raúl la imitó. Aquella boca de labios abultados y los enormes dientes, los colmillos afilados. Se acordó de una historia que leyó de niña, con grabados, donde había un caníbal con aquella misma boca, y pensó: *Es un caníbal, con sus blancos colmillos de perro.* Su risa oscura y pesada, se arrastraba por el suelo, como sus pies descalzos. En la muñeca llevaba una cadena, con algo colgando, donde había grabada una cifra. Raúl se llevó la mano a la frente y se dejó caer en la butaca, riendo. La única que no se reía era su madre, que, de pronto, avanzó hacia ella, con sus gasas flotando bajo algún invisible viento, el viento de sus propios pasos empujados por la ira, el miedo y la desesperación de sus sueños marchitos, empujándola. Se acercó a ella y la abofeteó, una vez, dos, tres, hasta que Raúl la cogió, la apartó, y a su vez la estrechó contra él, mientras decía:

—¿Por qué, Elena, por qué? ¿Qué importancia tiene? ¡Es una travesura de niña!

Y, de súbito, en aquel cuerpo pegado al suyo, había también, el mismo detenido, amordazado relámpago. Sólo duró un segundo, pero cayó un apretado silencio, encendido y brutal, Así, de pronto, se encontraron sus dos cuerpos, uno contra el otro, y todo su ser se amoldaba y adaptaba contra aquella otra cálida forma, algo nuevo y distinto, el cuerpo humano nunca entendido hasta aquel momento; y contempló con estupor infinito sus propios brazos rodeando la cintura de Raúl, y su pecho densamente apretado contra la espalda de él, protegiéndose de Elena. Y Elena era allí sólo un pálido y perfumado espantapájaros batido por un viento ineficaz, con sus lágrimas brillantes que no mojaban, y su boca abierta en un grito sin voz, mientras Raúl decía:

—Déjala, ya está bien, déjala, no la toques.

Y ella se decía: *éste es el tan temido animal desconocido.*

Entonces Dionisia con gran suavidad, la desprendió de él. Era doloroso apartarse de aquel cuerpo, de su tibio contacto; y dijo Dionisia:

—Pero si vas medio desnuda.

Su mano se apretaba dentro de la mano de él, que también se resistía a soltarla. Y mientras Dionisia la apartaba, con turbia dulzura, de aquel cuerpo que era una llamada, una persistente voz, parecía que la desgajasen de un tronco al que pertenecía. La mano de Raúl, grande, morena y suave, la retenía, y a medida que sus cuerpos se apartaban, sus manos seguían sujetas una a la otra; y al apartarse, quedaron así, los dos brazos tendidos uno hacia el otro como un puente, y las manos asidas, donde seguía la llamada y la voz, encadenándose irreductiblemente, a pesar de la otra dulzura, y de las lágrimas, y de la confusión del pobre fantasma perfumado que, de pronto, se parecía al Húsar de la guardia con sus marchitos tirabuzones. Y ella pensó: *el pobre Húsar ha envejecido.*

Elena dio un golpe, con el canto de la mano —como ella vio hacer una vez a una cocinera en la nuca de un conejo, y matarlo—, sobre sus dos manos enlazadas, y partió de un tajo aquel puente, aquello que era una frase sin palabras, tendida entre Raúl y ella. Las dos viejas mujeres flotaban en torno, como dos sombras, agitándose alrededor de ellos dos, de improviso jóvenes, súbitamente jóvenes, despertando entre paredes empapeladas con violetas y jacintos; y dijo Raúl:

—Bueno, ya está bien. No sé como le puedes hacer esto a una pobre niña. Déjala tranquilizarse. Anda, muñeca, siéntate.

Elena se derrumbó en el diván y empezó a llorar. Y Dionisia acudió a acariciarle la nuca, y vio en los ojos de Dionisia una antigua y enorme decepción. Pero era una decepción lejana y suave; como la sonrisa de ciertas viejísimas estatuas, perdidas en las frondas abandonadas. Y decía Dionisia:

—Bueno, Elena, después de todo, ¿qué importancia tiene?

Raúl se sentó, ajeno y hasta feo, y encendió un cigarro. De improviso, todo se transformó y ella sintió deseos de decir: *Os odio a los tres, me parecéis horribles y malignos como pulpos, sois feos, os deprecio y sois viejos.* Pero Dionisia decía:

—Es que no quiere que esta pobre hija se mezcle a la gente que pulula por ahí.

Raúl dijo:

—No es necesario que se mezcle, pero no hay por qué esconderla como si fuera un aborto del diablo. — Y al decir esto se volvió a ella, y en sus ojos había algo negro y encendido que, otra vez, la repelía. Olvidó la dulzura de su piel, su cuerpo contra el suyo, y dijo:

—Déjame marchar.

—Vete —gimió Elena—, y no bajes hasta que te llame. ¡No bajes, que en varios días no te quiero ver!

Esperó en vano la protesta de Raúl o de Dionisia. Pero Dionisia seguía acariciando, con manos odiosamente dulces la nuca de Elena; y Raúl, con los párpados velados, continuó fumando su cigarro. La luz brillaba y tinteaba en la cadena de su muñeca, con una extraña cifra grabada dentro de la medalla.

Subió a su habitación, despacio, ensoñadamente, y al llegar a la escalera de caracol, empezó a llorar. Notaba sus lágrimas, cayéndole por las mejillas y tuvo conciencia de una enorme humillación, que no acertaba a definirse: no era humillación por haber sido abofeteada delante de un extraño, ni de haber sido sorprendida en algo vergonzoso, como espiar a unos amantes, y oír conversaciones ajenas, o haber sido tratada como una niña. Era una humillación más profunda, que no sabía definir, y la quemaba como un hierro ardiente. Estuvo a oscuras, contemplando el rojo, el verde intermitente del anuncio de cigarrillos, el de la Casa de los Negros, sobre los carrillos mofletudos del Húsar de la Guardia. Se sentó en un rincón de la habitación, y estuvo mirando el techo mucho rato; un instante verde, un instante rojo, un instante negro, hasta que se acostó.

Al día siguiente, Dionisia la llamó por medio de una camarera:

—Que dicen que baje, señorita, a tomar café con los señores, al jardín.

Y allí estaban, esperándola, los tres, Raúl, su madre y Dionisia. Desde entonces, todos los días la llamaron, y empezó, con ellos, una hora de intimidad que no sabía si la satisfacía o no.

Declinaba el verano, llegaba de nuevo septiembre. En el jardín, las sillas de hierro, mojadas por la lluvia, goteaban bajo los últimos destellos del sol. Allí estaba ella, su madre, y él, raramente gastado y triste, con su recuperado gusto por los periódicos, por las noticias, por la política. Elena, se quejaba de algo, decía:

—No sé qué me pasa...

Ella les observaba, silenciosa, acechante, como un animal. En el césped, dos pájaros se perseguían. Raúl la estaba mirando a ella, no a la madre, y dijo:

—¿Cuántos años tienes ya?

Sonrió. Se había mirado al espejo, fría y minuciosamente. Sabía que era guapa. Su madre les dedicó una desazonada ojeada:

—Es una criatura... ¿Oyes, Raúl, lo que te digo? Todos los años por esta época me pongo así...

Desea que él le pregunte algo, que escuche sus tonterías, pensó. Pero en lugar de hacerlo, él se puso a mirar obstinadamente los parterres de hierba cuidada y húmeda. Un botones de uniforme rojo llegaba, con los periódicos de la tarde, bajo el brazo.

—Además —continuó Elena, irreductible— siempre sé antes lo que me va a pasar. Lo presiento y no puedo evitarlo...

Ella volvió la cabeza y la miró: *Está marchita, y como si de pronto le hubiera crecido la nariz, olfateadora de cosas necias.*

—Eso nos pasa a todos —dijo Raúl, ni siquiera desabridamente. Hablaba así, por hablar, por seguir el surco de ella, fatigadamente. Algo le rondaba, le mantenía lejos de allí; y ella se daba cuenta.

Elena le miró, con un parpadeo nervioso:

—Somos viejos —dijo—. Unos horribles viejos de cuarenta, treinta años... No como esos ancianitos que andan por ahí, dando migas a los gorriones. No: somos unos horribles viejos de cuarenta y treinta años.

Falso —pensó ella, aún no desprovista de su recién abandonada lógica infantil— *cuarenta y nueve ella, veintiocho él.* Miró con más atención a su madre, dando un sorbo a su taza. Lo peor era que, ciertamente, su madre estaba triste. Él seguía quieto, con las manos cruzadas sobre el estómago. Entre los labios ardía el cigarro, medio tapándole la cara con el humo.

—Y además nos gusta serlo.

Raúl se frotó violentamente un ojo. *Está temiendo la conjuntivitis de un momento a otro,* pensó. *Mamá la acaba de pasar y, posiblemente, él teme el contagio. Es cierto, son viejos y mezquinos, ratones viejos de treinta y cuarenta años.* Miró a su madre con más atención. Estaba medio echada en la tumbona, con sus cabellos teñidos, partidos en dos, cayendo como un agua dorada y dulcemente persistente a cada lado de la cara. Tenía párpados anchos y bien dibujados, de tono ambarino, y ojos de color indefinido. En aquel momento no era fea, ni hermosa: era ella, su madre. Pero hacía tiempo sabía que no la amaba, que no la amó nunca, que nada tenía que hacer allí, frente a ella, en su mecedora, con sus largas manos siempre en primer término, para hacer patente su belleza. *Me gustaría odiarla* —pensó apáticamente—. *Es tonta. Dice cosas ciertas, pero tontas. Cosas que lee por ahí, o peor aún, que supone se pueden leer en alguna parte. Siempre hay quien ha escrito o va a escribir lo que ella dice. Y, además, no es simpática, a no ser que se tome una copa de más o se prorrogue la euforia. A su lado, todo resulta inútil: ni siquiera necio. Me gustaría odiarla, darle una patada donde yo me sé, y decirle: vete por ahí. Pero es mi madre, y algo que ni siquiera entiendo me detiene.*

Raúl dijo, sonriendo:

—Querida.

Ella se levantó y les besó, rápidamente, en la mejilla. Primero a ella, luego a él. Él la retuvo un momento por el brazo, con suavidad. Sintió cerca su olor, el áspero cabello, negro y brillante.

—¿Dónde vas?

—Por ahí.

—Acuéstate pronto —dijo Elena—. No andes por ahí, vagando. Estás muy delgada.

En el hotel casi no quedaba nadie. Por aquella parte se veía la plaza pública. Familias de menestrales, obreros, empleados, avanzaban lentamente hacia el mar. *Es verdad, es fiesta* —recordó—. *Algún santo es hoy.* Carne blanca y floja, o mal endurecida, inadecuadamente esforzada. Carnes con huellas pálidas de camisetas, de sostenes amplios y baratos, avanzaban lentamente hacia el mar, como otro mar. Las golondrinas volaban bajas, con raros gritos, propagando un misterioso gozo por la vida.

La Casa de los Negros se abría justamente allí, frente y bajo su ventana, en la callecita lateral del hotel. La fachada, pintada de un blanco rabioso, y la doble hilera de palmeras enanas a la puerta. Por sobre los pisos y ventanas, la terraza, los cables entrecruzados y las letras luminosas, de todos los rincones, parecía nacer la noche. Asomaba medio cuerpo fuera de la ventana, para contemplar allá abajo la Casa de los Negros.

A menudo, vio a los negros de la orquesta, con sus chaquetas rojo y oro, con los instrumentos enfundados, como misteriosos y mudos animales, entrando y saliendo. *Algo está ocurriendo en alguna parte, algo que no sé lo que es, y me grita a mí también.* El húmedo calor septembrino, se pegaba a la piel, lo empapaba todo como un vaho persistente. Dentro de los globos de cristal perlado, casi opaco, vibraba la luz, como la del cielo en tormenta. *Bajaré y me marcharé esta noche, de una vez.* Las inmensas perlas luminosas, como ojos gigantes en la noche, invitaban. Creía oír el eco de un largo y metálico lamento. *Me gustan las trompetas.* Distinguía allá abajo las palmeras, negras, casi azules. No soplaba la menor brisa, todo estaba quieto y atravesado por el eco de aquella música que, más que oírse, se presentía. Buscó sus sandalias. Se miró en el espejo, aborreció sus ropas ridículas, su trenza arrollada alrededor de la cabeza. Súbitamente buscó las tijeras, y la cortó. El pelo cayó, lacio, desigual, en torno a su cuello. Bajo el flequillo rubio, casi plateado, sus ojos aparecían enormes, sorprendidos. *El milanés era muy rubio, el cerdo milanés que me hizo.* Pasó el dedo por el reborde de su boca, de pronto se acordó del rouge que le trajo Dionisia; lo buscó, y lo pasó por sus labios. Ojos y cejas, brillaron con más fuerza. Se cepilló el pelo, que caía estúpidamente, mal cortado. En su rostro había algo necio y salvaje. Allí, en el espejo, la mitad de su cara se encendía, de pronto roja, de pronto verde. Las sandalias entraban torpemente en sus pies, las manos le temblaban: *es que no quiere que te contamines* —dijo Dionisia—. *Pero lo cierto es que no quiere que vean esta hija tan mayor, tan guapa.* El cielo aparecía rojizo, más bien anaranjado, sobre la negrura de los tejados. Las palmeras semejaban una inmóvil procesión de venerables seres, guardianes de algo, altivos por algo. *Me voy, estoy harta de todo esto, me marcho a dar una vuelta por ahí.* En alguna parte, por encima del presentido rumor del mar, se encendía un grito, llamándola.

Bajó la escalera de caracol, atravesó los dos pisos con aire falsamente indiferente. Imaginó miradas, oscuros y menudos túneles, atravesando el aire, hacia ella. Era una hora semimuerta. En el saloncito, alguien estaba jugando al póker. *Dionisia me enseñó a jugar al póker. Últimamente mamá no domina el temblor de sus labios. Me horroriza su boca seca, debajo del color del rouge, se cuentan los surcos alrededor de sus ojos, y, sin embargo, es hermosa, finge tener la boca más pequeña, casi en forma de corazón. Me parece feo. Prefiero su boca sin pintar en la playa. Cuando está en la playa, parece otra mujer. Cuando queda olvidada en la arena, quizás sin pensar en nada, con los ojos cerrados, debajo del sol. No es que entonces parezca más joven, pero en su cuerpo tendido, cansado, hay una dulzura que la abandona en cuanto se levanta, se viste, se pinta. A veces, la alegría la envejece.* Últimamente bebía bastante. A veces, Raúl tardaba más de una semana en venir. *No he podido te lo aseguro.* Ella les oía. Sabía sus discusiones, su odiosa intimidad, que la turbaba. *No quiero ser así. Yo nunca seré vieja.* Salió, cruzó la acera. La noche crecía, entre las palmeras. Al otro lado se alzaba la Casa de los Negros. *Quizá no me dejen entrar.*

Entonces lo vio, junto a su Panhard verde claro. Subió toda su rebeldía en el calor de las mejillas. Se acercó, decidida. Él la miraba, sólo la miraba, ni se movía, siquiera. Cruzó la calle, se acercó. Él parecía un muñeco.

—Sí, soy yo —dijo.

Se ahogaba en algún odio que ni siquiera podía sospechar. Un sentimiento tan lejano y antiguo como el rumor que, a veces, acercándose y alejándose, creyó escuchar, en lentas noches de allá arriba, en la buhardilla del hotel. Raúl la miraba, serio, casi apaciblemente. Se acercó a él y dijo:

—Sí, soy yo, no estás soñando, soy yo, y líbrate de decirle a ella nada.

Inesperadamente, Raúl se echó a reír.

—Una noche me escapé. Estaba harta de que mi madre me tratara como una niña, me escondiera como una vergüenza. Tenía ganas de salir de aquel encierro inhumano. Lo encontré a él, a Raúl, y me dijo: *Es natural, pobrecilla, ven conmigo. No tengas miedo.* Así empezó todo.

La cortinilla interior de la Casa de los Negros estaba hecha de bambús. Dio casi un salto, que a ella misma la sorprendió, y, *por fin, por fin,* apartó la cortina de bambús. Oyó un ruidillo especial sobre su cabeza, alrededor de sus hombros: como un levísimo entrechocar de huesos. La sacudió un miedo placentero, apartó con los dos brazos los largos flecos, y entró. Raúl la seguía muy de cerca. Sin verle, notaba su sonrisa de cómplice, de labios cerrados, vagándole hacia las comisuras de la boca. Buscó su mano, la atrapó y la condujo a través de la sonora oscuridad, donde entre humo dorado, erraban lucecillas rosa y verde. Raúl dijo:

—Ven por aquí, vamos a tomar una copa.

Algo se enredaba entre sus pies. Pero era algo sin cuerpo, más bien como un viento que arrastrase hojas crujientes. Raúl dijo a su oído, para que su voz le llegara, tan baja, a través del agudo metálico de la trompeta:

—Dime qué quieres beber.

Aunque notó que sus ojos preguntaban otra cosa.

—Me da lo mismo, no conozco nada.

—No es verdad —dijo él. La oprimió suavemente el hombro. Estaban junto a una mesita blanca y redonda, donde ardía una llamita rosa. Ella tenía de pronto los ojos llenos de lágrimas, todo lo veía como a través de un cristal esmerilado.

—¿Por qué lloras? ¡No tengas miedo!

8

HABÍA dos hileras de macetas a ambos lados de la puerta de la Casa de los Negros.

—¿A dónde vas? —preguntó Raúl.

—Ahí dentro.

—Entonces, mejor será que entres conmigo.

La cogió del brazo y se dio cuenta de que le llegaba al hombro. Miró de cerca su perfil. Tenía la nariz corta, de aletas dilatadas. Algo salvajemente animal, gritaba en toda su persona, llenaba de una turbia y agradable sensación. La arrancaba de su estrecho aislamiento, *desconozco totalmente estos seres, de los que Dionisia augura brutalidad sin fin, y mal sabor de boca.* Sin preámbulos, como si esperara la primera ocasión para preguntarlo, él dijo:

—¿Qué hay entre Dionisia y tú?

Ella le miró, en silencio. Entonces, él cambió de tema, rápidamente:

—Pero, ¿quién te ha cortado el pelo?, ¿qué es lo que veo? ¡Algo raro pasa contigo!

—Lo corté yo. Ya sé que está mal, pero no me importa.

Raúl le pasó la mano por la cabeza, alisándole el cabello a los dos lados de la cara, metiéndoselo por detrás de las orejas.

—Veremos qué dice tu madre, mañana.

—Tampoco me importa lo que ella diga.

Deseó que él no notase el raro ensueño que le nacía bajo aquella mano.

—No tengo ningún miedo —dijo—. Lloro porque al fin entré en la Casa de los Negros.

—Esto no se llama la Casa de los Negros. Pero me gusta ese nombre. Bueno, ya ves, no tiene nada de particular.

—No, pero he entrado, estoy aquí, y, de ahora en adelante, iré siempre donde quiera.

Pidió algo y trajeron unas copas. Raúl dijo:

—Me vas a contar lo de Dionisia ahora mismo.

—No me da la gana.

Volvía un miedo raro. A que él se marchara, a que todo se apagara. Miró alrededor: *Es verdad, no tiene nada de particular,* habrá dicho sin ver lo que era, y, ahora, se daba cuenta. Una sala pequeña, un piano blanco, largo, y el estrado con los negros, donde brillaban los desenfundados instrumentos. Reinaba ahora un espeso silencio, sólo el piano se oía, un negro gordo estaba trazando una rota melodía, y brillaban las gotas de sudor en su frente. Bajo el foco rosado de la luz, la mano larga y peluda del camarero cogió la botella, y vertió el líquido en las copas. Había un cartoncito con un número sobre la mesa: 23. Lo cogió y empezó a darle vueltas entre los dedos.

—Dice que eres una buena niña —apuntó Raúl.

—Lo soy. Soy buena.

Raúl seguía sonriendo, sin apenas mover sus labios gruesos y prominentes de caníbal.

—Te voy a explicar —dijo, de súbito. Como un torrente, su propia voz le embriagaba y exaltaba—. Dionisia prometió ayudarme, a condición de que no me estropeara con ningún hombre.

Raúl lanzó una risa pequeña y silbante.

—Me dijo Dionisia que la ayudas a fumar.

—Sí. Me enseñó a cargar su pipa. Así es más cómodo. Si tiene que hacerlo ella, entre pipa y pipa se desvirtúa el efecto.

—¿Lo haces bien?

Parecían los dos muy divertidos. Le recordó su primera infancia, en la playa, con un niño. Tendidos uno a cada lado de un castillo de arena, donde excavaban una galería, sus manos se buscaban: y, de pronto, se encontraron, y con las manos enlazadas, empezaron a contarse cosas misteriosas de las personas mayores, que les hacían reír hasta saltar lágrimas. Así era con Raúl en aquel momento.

—Ella sube a veces y dice: *calla niña, no grites. Prepárame la pipa.* Abre su cajita de laca, prende la lamparilla de cristal, con su llamita, muy mona. Resulta divertido, cojo el frasquito con el jarabe y hago una bolita, muy pequeña, en la punta de la varilla. Luego, lo meto en la cazoleta... Ella dice que es del mejor bronce, y que se la regaló un mandarín. Tiene esas manías, dice que no todos los bronces dan el mismo aroma, que la suya es de lo mejor que hay. ¡Bueno! Divierte oír sus cosas. Es muy refinada. Se tiende, con sus ojos hinchados, me da risa verla y le pregunté una vez: "*¿Pero qué haces, qué sientes?*" Y me dijo: "*Dirijo mis sueños, niña*". Entonces da la vuelta a la cazoleta, la acerca a la llama y se pone a chupar... Casi en seguida, tengo que limpiarla con un alfiler negro, y vuelta a llenarla. Unas tres veces. *Gracias amor,* me dice. Cuando vivía *allí,* tenía un sirviente para eso. Ahora, me tiene a mí.

Lanzó una carcajada pequeña, y le miró.

—Me parece bien —dijo Raúl.

Sus ojos fijos y vidriosos brillaban junto a la pantalla. Las niñas se habían reducido, en el color ambarino. Ella pensó: *Creí que tenía los ojos negros.* Eran de un tono entre amarillo y verdoso.

—¿Te dejó probarlo?

—No, por ahora.

El sonido del piano cesó, y un gran silencio se abatía, erraba de acá para allá, fragmentado y flotante entre el rumor de las conversaciones.

Pero, súbitamente, la trompeta atravesó de un lado a otro la Casa de los Negros, y Raúl dijo:

—Vamos a bailar.

—Yo no sé bailar.

—Es lo mismo. Déjate conducir.

Volvió a seguirle y se apretó contra su cuerpo, ahora sabiendo y recordando la primera vez, en el gabinetito de su madre. Conscientemente se oprimió contra él, y supo que había esperado largamente aquella búsqueda y aquel encuentro. La mano de Raúl acarició su espalda, suave:

—Tú déjate llevar.

La música potente, despaciosa, hacía vibrar la oscuridad; quizás un grito, como una inmensa araña de metal bruñido, recorría las invisibles paredes de la Casa de los Negros. No era hábil, sus pies tropezaban y se enredaban en los de Raúl. Estaban riéndose otra vez, no sabía por qué. Él decía algo que no podía comprender. Pero se reía. Era fácil.

—¿Cuántos años tienes, de verdad? —dijo Raúl a través del gran estrépito, conduciéndola de nuevo hacia la mesa.

—Dieciocho.

—Una vez vi una fotografía tuya —dijo, encendiendo un cigarrillo—, de unos diez años, muy linda, con tus trencitas.

Alargó la mano y volvió a acariciarle el cabello. Luego sus dedos rozaron suavemente su oreja, y ella se quedó rígida, conteniendo la respiración. Pensó: *He oído hablar del amor, no sé si será esto.* Pero no creía que el amor fuese una cosa así, densa, clavada como una antigua raíz, sin ninguna ternura. *A fin de cuentas, tampoco me importa demasiado, el amor será algo oscuro y gelatinoso, como jarabe.* El pensamiento la hizo sonreír.

—¿Sabes de lo que me acuerdo ahora? De lo que ha dicho mi madre esta tarde, cuando me despidió. Dijo: *acuéstate pronto.*

Su propia risa era algo tangible y vivo, allí, ante sus propios ojos, sobre el blanco mantel. La mano de Raúl acariciaba su nuca. *He perdido el mundo si dejo escapar esta mano, he de retenerla.* Raúl acercó su rostro al de ella, y le besó suavemente en la mejilla. Tenía una piel fina y tersa, casi como la de una muchacha, cerca de la sien, donde nacía el cabello.

—Querido papá —dijo, repitiendo su propia

risa. Raúl le tapó la boca, y su risa parecía también la de ella, fundida en la suya. De nuevo le recordaba el remoto muchachito de la playa, las manos enlazadas a través del túnel en la arena.

—Vámonos de aquí —dijo Raúl.

—No quiero irme aún.

No tenía miedo, lo que no quería era acabar tan pronto la noche. Imaginaba la súbita impaciencia de Raúl, y se dijo: *No tengo ganas de que se me estropee la noche, así, sin más. Tiene que durar.*

—Pero esto ya está visto —insistió Raúl—. No hay mucho más que ver.

—Pues vamos a otro sitio.

—¿A dónde, criatura? —dijo él—. Vamos a casa, a tu habitación.

—No. Vamos a otro sitio cualquiera.

Bebieron un par de copas más, pero, de improviso, Raúl se volvió sombrío y poco hablador. Sentía el peso de sus ojos claros y densos, como bañados de miel. El alcohol la llenaba de una apacible exaltación.

—Eres bonita —dijo Raúl—. Más aún de lo que puede parecer a primera vista. Tienes una belleza escondida, que sólo puede conocerse al cabo de un gran rato de verte, de hablarte.

La música estaba alborotando otra vez.

—Me gustaría mucho saber bailar. De veras que me gustaría.

—Bueno —dijo él—, eso se aprende en seguida.

Y casi sin transición, añadió:

—Vámonos.

No tuvo más remedio que seguirle, a través de la oscuridad, del bambú, de la sonrisa del portero.

—Adiós, Bola de Nieve —dijo Raúl. La rodeó los hombros con el brazo, como si hiciera frío.

—¡Qué feo vestido llevas! Verdaderamente no hay derecho. Tú podrías ser la mujer más bonita del mundo.

La miraba con una atención nueva, casi con curiosidad.

—Ahora tu pelo parece blanco —dijo—. Bajo estas luces, es como de plata.

Caminaron hacia el Paseo del Mar, parecía que no hubiera suelo bajo sus plantas. El brazo de Raúl era como una argolla, y pensó: *esto es lo que quería yo, exactamente esto, y ella se va a quedar sin él, porque yo se lo voy a quitar. Tal vez el amor no sea esto, pero el odio sí.*

Llegaban al mar. Entraron en la playa e inmediatamente sintió las sandalias llenas de arena, clavándosele en las plantas, entre los dedos. Se descalzó. Y, apenas lo había hecho Raúl la abrazó, sintió sus dientes agudos sobre su boca y su cuello.

—Bueno, vamos a casa —dijo, quedamente.

Iban como dos ladrones, de puntillas, quedamente. Primero subió ella, y, al entrar en la escalera de caracol, pensando en el odio nuevo que la llenaba, volvió a sentir una brutal alegría. Las escaleras crujían, *como si algún misterioso muertecito estuviera encerrado dentro de los pelda-*

ños, quejándose; como diminutos ataúdes, donde mayan gatos perdidos o ahogados en el río, rió quedamente.

Entró despacio, abrió suavemente la puerta, y, sólo entonces, se dio cuenta de que olvidó las sandalias en la playa, e iba descalza. Dejó la puerta entornada, sin encender la luz. Se sentó sobre la cama, sentía aún las plantas de los pies cubiertas de una sutil capa de arena. El letrero luminoso de la Casa de los Negros, parecía un enorme guiño de complicidad. Pasó las manos por las plantas de los pies, oyó la menuda lluvia de arena contra la madera del suelo. Raúl empujó la puerta, entró y la cerró con cuidado a su espalda. Ella cerró los ojos, y se tendió, blandamente.)

—Aquella noche Raúl subió a mi habitación, y, luego, esto se repitió durante muchas noches. Todo lo que duró el verano. Mi madre no sospechaba nada. Al menos, de mí, no sospechaba. Y supongo que Dionisia tampoco. Aprendí a fingir muy bien. Desde aquel momento todo fue un fingimiento continuo, pero te confieso que no me costaba hacerlo. En realidad, toda mi vida estuve mintiendo, unas veces voluntaria y otras involuntariamente.

(En los últimos tiempos, Elena decía con frecuencia:

—En cuanto llegue el invierno, podrás hacer una vida diferente. Te mandaré fuera, ya verás, conocerás gente; te casarás, quizá...

Le había entrado una prisa extraña. Ya no la escondía, más bien, quería apartarla de su lado. Raúl iba a Irún con frecuencia, donde tenían el otro hotel.

Un día dijo con naturalidad:

—Elena, voy a llevarme a Irún a la niña. Para que se distraiga un poco.

—¿A Irún, contigo? No sé qué distracción puede ser eso para ella.

—Que vaya al cine... o cualquier cosa. Voy y vuelvo en el día, ya lo sabes. Que se compre algún vestido, alguna cosa un poco decente.

Dionisia hacía solitarios en la mesita contigua. Un cigarro ardía en su boca, y lanzó sobre ellos una mirada rápida y vaga.

—Claro —dijo, inesperadamente—. Que vaya la niña, ¿por qué no, Elena? Fíjate qué clase de ropa tiene. Parece una mendiga.

El otoño estaba ya en puertas, y el hotel permanecía vacío. El día aparecía gris y desapacible. Elena estuvo pensativa un momento:

—Bueno, si quiere, que vaya. Pero no la lleves al hotel. Déjala en alguna otra parte.

—Naturalmente. —Raúl abrió un diario, enorme, un biombo de papel, que le ocultaba casi enteramente—. ¿Cómo crees que no se me había ocurrido? Que vaya al cine, y de compras, o lo que quiera, y luego pasaré a recogerla. Si tiene que irse fuera este invierno, ha de ir aprendiendo a espabilarse. Y tú no quieres acompañarla, según veo.

—No puedo —a Elena le temblaba el cigarrillo en los labios. En sus enormes ojos dorados, en su voz, se ensanchaba un extraño vacío.

Ella permaneció quieta, casi sin respiración. Por debajo de la mesa, sintió la pierna de Raúl contra la suya. El papel del periódico crujió en un ruido extraño, que hizo parpadear de prisa a Elena. Raúl levantó la cabeza.

—Y vete a la peluquería —dijo Dionisia—. Desde el último desastre que hiciste, pareces un mamarracho.

Se pasó la mano sobre el cabello. Lo sintió sedoso y suave. Y el corazón contra el pecho, como un aldabón.

Después de comer empezó a llover, con más fuerza. No era el xiri-miri habitual, era casi un diluvio.

—Con este tiempo, no vayas —dijo Elena, a través del humo del café.

Estaban las tres, otra vez, en el gabinetito. En la pared, el papel de violetas y jacintos le hacía muecas. La luz perlada de la lluvia atravesaba los cristales, los visillos de tul rosa. Nacía en ella algo lúcido y terrible, descubría el temblor de los labios de Elena, *el principio de la derrota, del triunfo.* Los ojos de Dionisia, dos espesos grumos de almíbar, su sonrisa llena de una tristeza infinita, indescifrable, iban de una a otra. Ella dijo.

—Sí, voy.

—Pero... —en la voz de Elena latía una angustiosa debilidad—. Pero, hija, está diluviando.

Ni siquiera le contestó. Apenas terminó el café,

subió a arreglarse a su habitación. Cuando bajó, dijo.

—Dame dinero.

Elena buscaba algo en los cajones. Miró sus manos blancas, hermosas, pero enormes. Sus uñas barnizadas, también grandes. Era alta, blanca y pesada. Le habló sin mirarla, despacio, y había algo oculto en su voz, que no podía definir si era miedo o un cautísimo recelo, lleno de toda la experiencia que a ella le faltaba, y dijo:

—Estoy pensando en qué vas a trabajar. Te voy a enviar a Madrid, este invierno. Trabajarás, aprenderás lo que es ganarse la vida, luchar... Sabes, Marta, pensé equivocadamente en hacer de ti una señorita. Es inútil. Primero quise darte estudios, pero no has salido inteligente. Eres perezosa y torpe, pero te juro que aprenderás a trabajar...

—Muy bien. ¿Me das dinero, o no?

Su madre se volvió, rápida. Estaban las dos solas en la habitación, y, de pronto, la miraba como miraría a otra mujer cualquiera, que no fuera la sumisa y pequeña Martita, con sus trenzas rubias, la pequeña Martita, no más importante ni temible que *Laka*. Los ojos que descubrió a veces, en ella, cuando miraba alguna determinada mujer.

—Sí, toma. Cómprate lo que quieras, vístete como una puta, si te gusta. Veo que es inútil todo lo que hice por preservarte del mal. Sabes, Marta, a pesar de todo me das lástima, porque aún eres muy inocente. Píntate, vete a la peluquería.

No tienes buen gusto. Eres basta, egoísta y cerril, como tu padre.

Era la primera vez que hablaba de él, y pensó: *el cerdo milanés.*

Tendió la mano, sin saber qué decir. Su madre le entregó un pequeño sobre blanco. Tuvo tentaciones de rasgarlo allí mismo, pero se contuvo. *Hay tiempo.*

Un sol tenue empezó a juguetear sobre el papel de la pared. Gritó, con voz de triunfo:

—¿Lo ves? ¡Ya no llueve!

Dio media vuelta y, sin despedirse, empujó la puerta —quedó abierta a su espalda, como un gran bostezo—, y corrió, escaleras abajo, apretando en el puño el sobrecito blanco. Todo el jardín resplandecía, mojado, bajo aquel sol metálico. Oyó ladrar un perro, y, luego, el silbido largo del tren, y el olor de la tierra mojada traído hasta su nariz ansiosa, como ululante brisa. Miró hacia la ventana de Raúl. Un pájaro voló hacia el alero.

Raúl bajó poco después, con el cabello húmedo, brillante y demasiado pegado. Aún tenía la piel quemada por el sol del recién desaparecido verano, pero iba tomando un tinte oliváceo, casi sucio. Sobre la nariz resaltaba una mancha más clara. *Está feo,* pensó.

—Se te pela la cara —le dijo.

Él se frotó la nariz, mientras echaba la cartera sobre el asiento trasero del coche.

—Sube.

La portezuela dio un seco golpe, como quien

cierra definitivamente algo. *Una etapa, una edad, un mundo, lo que sea.* Y cuando arrancaban, y viraban el Paseo del Mar, y entraban en la carretera, entre la doble hilera de árboles: *Es verdad, no salí inteligente, no me gustó nunca estudiar. Y cuando leo, no me entero de lo que el libro dice, me canso, y me aburro. Me gusta la música, la vida, los árboles, el cielo. Algo existe por ahí, que me espera.*

Al dar la vuelta al hotel, tras la reja, vio a Dionisia. Vestida de negro, su largo rostro de vascofrancesa, los brazos caídos a lo largo del cuerpo: *parece un digno espantapájaros.* Supuso que aún recorrería mucho, antes de eludir lo que dejaba atrás. Pero se despedía de todo.)

—Una tarde fuimos a Irún, con un pretexto. Estuvimos tres días juntos, sin ver a nadie.

(No conocía la tristeza. Aburrida o desesperada, llena de alegría o de ira impotente, no sabía lo que era la tristeza, hasta aquella mañana. Exactamente, cuando al alborear del segundo día, se despertó, y entraba por la abierta ventana el grito de las gaviotas. Estaban en un hotel pequeño y sórdido, cerca del barrio de pescadores de Fuenterrabía. La habitación, en uno de los pisos bajos del estrecho edificio gris-sucio, era mucho mayor que la del hotel de San Juan. A través de las rendijas de madera carcomida y despintada, las persianas sólo unidas por el picaporte sin ajustar, empujadas por el viento, entraba la luz en franjas. El quejido, monótono y desazonador, de la vieja madera, parecía, como las gaviotas, gritar, por alguna razón no entendida. Elena dijo: *No la lleves al hotel.* —*Por descontado,* contestó él. Pero estaban allí, en la habitación de Raúl, grande y destartalada, con sus viejos sillones de pelouche rojo, desgastados y sucios donde se apoyaba la cabeza. Comprendía la verdadera misión de aquel hotel, regentado por Raúl, como comprendió la de San Juan. *Vamos al hotel. No importa, ¿qué más nos da? Procura no hacer ruido. Ahora nadie podrá encontrarnos, Elena no vendrá. ¿Por qué? ¿Cómo lo sabes? No vendrá, lo sé, nunca viene, Dionisia quizá, pero Dionisia no me da miedo.* La espesa y torpe lengua se negaba a hablar.

Fue, descalza, sobre la moqueta de terciopelo sucio y rojo, con grandes manchas de alcohol, parecía, o algún líquido corrosivo. Extrañas islas que intentaban no pisar, para que sus plantas desnudas no se contaminasen de algo viscoso y nauseabundo, aunque no sabía exactamente qué. Allí estaba el secreter, de madera encerada y brillante, demasiado nuevo entre el polvo, y la tulipa de vidrio blanco y rojo. Raúl seguía tendido, dormido, casi negro contra la sábana; tan sólo la cadena de oro, en su muñeca, brillaba pálidamente. Echado sobre el costado, la gran cabeza hundida en la almohada, la mejilla doblada, como un bulto deforme, los ojos apretadamente cerrados y el ceño en dos arrugas hondas entre las dos cejas, que casi se juntaban. Se inclinó sobre él. El brazo de Raúl caía a un lado de la cama. Se agachó cuanto pudo para descifrar el signo de la medalla que colgaba de su cadena. Estaba dormido, absolutamente dormido, oía el silbido tenue de su boca entreabierta. Acercó su rostro al de él. Olía a alcohol dormido y ácido, repugnante. Se fue hacia el secreter. La llavecita colgaba de la cerradura, brillando. Las gaviotas chillaban, y pensó: *seguramente lloverá.* Tenía miedo de que él despertara, y dio suavemente la vuelta a la llave. La tapa, de varillas unidas, se introdujo como una ancha lengua de reptil, en el paladar. Sobre el paño verde encontró el álbum y lo abrió. Las muchachas sonreían desde sus cartulinas. Niñas pintadas, de apenas trece, catorce, quince años. Como las muñecas de su habitación, el Húsar de la Guardia, con sus falsas caritas mofletudas. Alguna llevaba un vestido de marinero, una trenza sobre el hombro, flequillos rizados de muñeca guardada en un rancio armario. Lo cerró despacio y volvió a la cama. El balcón vertía cada vez más luz a la habitación, sentía la boca pastosa, los ojos turbios, y unas repentinas ganas de vomitar. *Nunca podré querer a nadie* —pensó llena de malestar— *a nadie, ni a mí misma, ni a mis recuerdos de niña. siquiera. Alguien dice que la infancia siempre se recuerda con amor, pero yo no sé nada de eso, sólo curiosidad y deseo. He oído hablar de amor a Dionisia y al mismo Raúl. Me dice: te quiero. A veces lo dice. No es verdad, pero ellos lo dicen, es quizás una costumbre. Qué cosa extraña debe ser querer a alguien, como dice Dionisia que quiso mi madre al milanés. Tal vez, eso que siento por Raúl.* Lo miró.

—Es guapo —dijo en voz alta.

Se dejó caer a su lado y empezó a gemir suavemente. Entonces los muelles crujieron, Raúl se volvió lentamente hacia ella, y a través de sus lágrimas le vio salir del espesor de su sueño, y tuvo un estremecimiento, [porque se acordó, de pronto, de la Historia Sagrada que leía de niña, en el internado, *cuando Lázaro volvió del mundo de las tinieblas*]. Sin abrir los ojos, el brazo de Raúl se levantó, creció, como una planta extraña y oscura, la medalla tililaba en su muñeca, un aleteo venía desde la madera podrida y los hierros del balcón, y la tristeza, en oleadas, crecía, arrollaba e inundaba con su marea crecida, aislándola del mundo. Un gran frío llegó; se sintió aterradoramente desnuda, espiada por miles y miles de ojos. Otras muchachitas también desnudas y mofletudas la mayoría de ellas gordinflonas, yacían en el álbum, exacerbando su infancia, tendida, como un triste cadáver de muñeca, vestidas— las que lo estaban— con su misma retardada e indecente infancia, tal como su misma madre, por razones distintas, la obligó a vestir. Marineras sucias sobre pequeños y redondos pechos de mujer. El brazo de Raúl cayó sobre ella, como una argolla.

Eran cerca de las cuatro de la tarde, cuando Raúl se levantó. Siempre se levantaba mudo, como un torpe toro, renaciendo de una oscura espuma. Se fue, y volvió al cabo de un rato, vestido, con las sienes goteando. Le miró por entre los párpados entrecerrados, *no me gusta que se moje así el pelo, y se lo planche contra la cabeza.* Levantó la sábana hasta la barbilla, y él dijo:

—Has estado curioseando por ahí, ¿eh?

Se acercó a la cama y vio sus piernas largas, y allá arriba, la barbilla maciza, cuadrada.

—Sí.

—¿Y qué piensas?

—Nada. ¿A mí qué se me da de vuestros asquerosos asuntos? Y no tengo la culpa de ser hija de Elena, no escogí nada de esto.

Raúl le cogió la barbilla y la obligó a incorporarse. Le hacía daño, sentía un dolor vivo en el cuello, en todo el cuerpo. Pero no se quejó, procuró sonreír y abrió los ojos mirándole de frente. Raúl dijo:

—Me has elegido a mí.

Ella se dejó caer de espaldas. Por las rendijas de las persianas el sol entraba, ya, abiertamente. Había cesado el viento.)

—Hasta que mi madre nos descubrió.

Manuel la escuchaba. Contempló el brillo de su pelo rojo, sus manos enlazadas. Era casi un niño. Le dolía hablarle, como en una tardía confesión. Y, sin embargo, no podía callar.

—Quizá te molesto, o te aburro. No sé por qué te cuento esto.

Los ojos negros de Manuel, contrastaban en su rostro dorado. Algo nacía de él, triste y extraño.

—Habla —dijo—. Di lo que tú quieras.

(El tercer día. Sabía, desde que se despertó, que era el tercer día. Vivieron como una sola jornada, larga. Comían bocadillos, bajo el secreter se alineaban las botellas vacías. Una espesa atmósfera de humo de cigarrillos, papeles arrugados, polvo en la madera, les rodeaba. La cama aparecía eternamente deshecha. Sobre la banqueta, en la bandeja, las tazas sucias se apilaban, junto a la cafetera. Una mosca estupidizada por la llegada del frío, se paseaba por el borde del azucarero. Envuelta en el batín de Raúl, ella se miraba los pies, descalzos, contra la manchada alfombra. A través de la persiana —siempre mal encajada, nunca cerrada, ni abierta— subía un acre olor de pescado podrido, y la voz de una mujer que gritaba algo en vascuence. Le gustaba mirar un grabado que había sobre el secreter. Un hombre y una mujer, con pelucas, se balanceaban en un columpio, mientras dos damas demasiado pequeñas cuchicheaban o leían algo, y todos eran rosados y gordezuelos. Debajo se leía, con pulida letra inglesa: *Amor en el columpio*. Pasaba la punta del dedo por el marco pintado de purpurina. *Amor en el columpio*. Eso serían tal vez, Elena y el milanés. Qué cosas necias y raras llevaba el mundo, dentro de su viejo vientre. En aquellos días, Raúl, no atendió ni el teléfono, ni llamada alguna.

—Te quiero —le dijo—. Quiero estar contigo, te quiero. De verdad te lo digo.

—Se va a hundir el negocio —advirtió ella, ingenuamente.

Él se echó a reír:

—Ni aun así.

Las manos de Raúl eran bonitas y morenas. Quizá lo que más le gustaba era sentir sus manos. Le desagradaba verle comer. Cogía el bocadillo, lo acercaba a su boca y aparecían sus colmillos, sus enormes dientes, sanguinarios.

—Pareces un perro, cuando comes.

—Soy un perro —contestó, mascullando distraídamente.

El tercer día. Lo sabía: *algo va a ocurrir*. Prefería no decir nada. Raúl, echado, miraba al techo, las manos bajo la nuca. El cigarrillo ardía en sus labios, y el humo le salía por la nariz, como un par de delgados y crecientes colmillos. En aquel momento su mirada, hueca, vagaba por el techo desconchado, donde avanzaba el cordón de la luz, como una hilera de insectos muertos.

—Te gusta la seda, como a una mujer —dijo ella, acariciando el batín sobre su cuerpo.

—Como a una mujerzuela —corrigió Raúl.

Y, en aquel momento, la puerta fue violentamente sacudida, y tembló la llave, la chapita con un número —precisamente el 23, como el de aquella mesa primera de la Casa de los Negros— que, de pronto, se parecía a la pulsera de él, con su tembloroso signo cabalístico. Un puño justiciero, exasperado, golpeaba la puerta, una vez, dos, tres. *El tres me persigue, se dijo.* Retrocedió y chocó con la banqueta. Las tazas vibraron; una cucharilla, con una espesa gota de café, cayó al suelo. La mano de Raúl que sostenía el cigarrillo se quedó fija en el aire.

—Escóndete en el cuarto de baño. —La voz de Raúl, una exasperada lagartilla, avanzaba sobre un vasto mundo de terciopelo.

—No me da la gana —contestó.

La puerta vibró, como un rostro. Raúl avanzó, despacio, y la abrió. Por aquella violencia no parecía sino que la puerta iba a desplomarse sobre él. Pero, en lugar de eso, un pálido y arrugado espectro apareció, apoyándose desfallecidamente en el marco. *Pues no se ha teñido la raíz,* pensó viéndola avanzar despacio, los mechones desteñidos a los dos lados del rostro, como una peluca. *Ni su mismo pelo parece pertenecerle. Es raro, para ser ella de verdad habría que restregarla con un estropajo, arrancarle cabellera, cejas, pestañas, dejarla sin párpados y desnuda.* Como aquella maltratada muñeca de celuloide, que le compraron una vez, y a la que ella fue despojando sistemáticamente de todo. Al fin, la abrió en canal con su cuchillito de la merienda, y sólo encontró dentro una especie de fuelle de color rosa que, al apretarlo entre los dedos, decía *¡mamá!*, como un maullido.)

9

QUIZÁ lo que más te sorprenderá es que mi madre era muy religiosa. Nunca dejaba de ir a misa, todos los domingos me preguntaba: *¿Has ido a misa? ¿Sí o no? ¡Dime la verdad!* Quería saber si me confesaba, y me aconsejaba que tuviese un padre espiritual. Me decía: *sólo eso te salvará. Yo lo sé muy bien.* Ella tenía una Virgen en su gabinete, con rosas de terciopelo, y pequeños candelabros de oro. Cuando yo era muy niña, todas las noches me hacía arrodillar, y rezar, antes de acostarme. ¡Y mi primera Comunión! Fue algo fastuoso. Estuve vomitando toda la noche, de tantos pasteles como comí.

—(Tu pecado es el peor del mundo —dijo Elena—, es un pecado de los que ningún sacerdote puede perdonar, desdichada, desdichada.

Lo decía con una voz terrible, como el maullido de un fuelle apretado por las manos inocentes de una niña de cinco años. Entró en la habitación, *como la niebla en los bosques, algo difuso, y que, sin embargo, lo tapa todo.* Ella permaneció junto a la bandeja, con sus tazas sucias, con restos de azúcar y café, y a la pobre madre le caían las lágrimas a los dos lados de la boca, resiguiendo sus caminillos de arrugada edad, deteniéndose en las comisuras de su boca, de forma que repugnaba, más bien.

—Mira, déjate de pecados. No me vengas con esas cosas, que me dejas fría. Tú eres un pecado viviente. Al menos yo, soy un ser natural, porque este hombre me corresponde en edad.

La cruz de oro brillaba en el pecho de Elena y su dedo largo la señaló:

—Mira. Éste: tuvo piedad, y tú olvidas que la piedad es lo único que puede salvarnos.

De pronto, en medio de la niebla, tuvo deseo de entenderla.

—Quisiera entenderlo, pero tú no has tenido piedad de nadie más que de ti misma. No importa pues.

Sus ojos de oro dulce y terrible, como enormes granos de moscatel donde la lluvia se hubiera detenido, estaban fijos en ella, con un dolor tan remoto, o huido, que sintió malestar. Elena dijo:

—¡Eres más desgraciada que yo!

Hasta aquel momento, Raúl no parecía existir. Pero súbitamente avanzó y dijo:

—Elena, querida mía, amor mío.)

—Me fui con él.

(Su voz brota de alguna barrera irregresable.) Manuel se inclinó hacia ella y cogió su mano: pequeña y sucia, huidiza. La tuvo entre las suyas, pensativamente.

—¿Sabes una cosa? Algo había en Jeza, como un hilo, que nos ataba e iba acercando hacia sí mismo.

—Siempre pensé eso de él, aunque no con esas palabras —dijo Marta.

De nuevo había una casi reprimida alegría en sus palabras. (Al hablar de Jeza parece despertar de algo, de alguna oscura bruma en la que se debate y de la que desea salir.) También para él, Jeza era algo hacia lo que debía avanzar (como un ciego velero, a través del mar oscuro que levanta olas incesantes y poderosas, turbias olas negras frente a mí).

—De una manera u otra, tengo la impresión de que Jeza nos conduce a donde quiere —dijo.

Marta fue hacia la lámpara, extendió una mano, la puso sobre la luz, y quedó roja, transparente. Algo vivo y cierto, entre las brumas que les rodeaban. Se volvió a mirarle y sonrió:

—Y a ti, ¿qué te podía unir a él? Cuando recibí tu primera carta, créeme, Manuel, apenas te recordaba.

—Era casi un niño, cuando le conocí. También tenía de ti un recuerdo muy borroso. Recordaba tus ojos.

(Es la muerte de Jeza quien nos une. La muerte puede ser algo tan vivo, concreto y cierto como la existencia.)

—¿Por qué le volviste a ver?

—Es Mariné, me dijo lo de Simeón y Zacarías... y que él estaba aún en la cárcel. Suponía que te gustaría, porque a él no le llegaban tus cartas, ni a ti las suyas.

—Pero... ¿por qué, Manuel? Tu vida ha cambiado, todo es distinto. Ya no eres aquel muchachito que yo conocí.

—Porque lo necesitaba —dijo Manuel.

En su voz había algo dolorido, que la conmovió. Le puso la mano en la cabeza, le acarició el cabello. Él miraba al suelo, como si no se atreviera a levantar los ojos:

—Todo, todo había caído, hecho pedazos: la rectitud, el deseo de bondad, la esperanza... todo. Necesito recuperar algo que perdí. Y siento miedo. Como si estuviera al borde de la pendiente, y algo, alguien, me empujara hacia abajo.

—Yo también tengo miedo —dijo ella. Apenas lo dijo, pero él lo oyó. (Cuando conocí a Jeza, todo cambió. Hasta el mundo parecía adquirir otras dimensiones. Hasta aquel momento todo fue vano y egoísta, mezquino y triste. Yo estaba enamorada de la vida, pero no sabía nada de la vida. Eso fue lo mejor de Jeza: descubrir la vida para mí. No sé si podía estar equivocado. De pronto todo cambió de sentido. Jeza no era un espectro. Hasta entonces, todo parecía ser para mí, como las huellas en la arena: el eco de unas pisadas.) Dijo:

—Jeza *era él mismo,* una afirmación. El que pudiera estar equivocado o no, no entra en mis cálculos.

Manuel callaba. No podía compartir nada con ella: ni recuerdos, ni infancia, ni siquiera una idea del mundo (una tela sutil, como la red de la araña, teje silenciosamente desde la oscuridad para no separarnos, por alguna misteriosa razón que no sé, aún, explicarme).

—Yo viví aquel tiempo. Cuando ellos se reunían en la casa abandonada. José Taronjí, Simeón y Zacarías. Y ahora Es Mariné... no quería decirme nada. Tiene miedo. Todo el mundo tiene miedo, Marta. (El miedo es el silencio de las islas, en el grande y espejeante mar azul, el miedo es el silencio de las calles y el polvo y la arena levantados por el viento. El miedo es el Port, en calma, un turbio y lento espejo, verde y mudo bajo el cielo de la tarde, donde el agua choca y salpica las balaustradas de cerámica. El miedo es un enorme embudo, arremolinado como el mar, que traga las barcas. Tengo miedo, y Es Mariné y Jacobo y José Taronjí y Marta tienen miedo, tenemos miedo, viviremos siempre en el miedo.)

—¡No! —gritó, apagadamente.

Ella le miró, asustada.

—Tenemos que salir de esto —dijo—. ¡No quiero! ¡No puedo!

Marta asintió, pero quizá no entendía. Él adivinó de que no le entendía. A pesar de todo, le tendía la mano; y entonces se dio cuenta de la simplicidad, casi inocencia, de aquellos ojos.

(Puesto que tenía miedo, cuando salí de los funerales y me fui al bosque donde estaba enterrado José Taronjí, puesto que tenía miedo y todo era una búsqueda de razones, o hechos, que me justificaran algo, y sentía cobardía ante mi madre y mis hermanos, porque tenían hambre, y sentía cobardía ante esta casa que, a mi pesar, amaba tanto, y a mi infancia que se debatía ya como un agonizante pájaro, puesto que quería huir de Jorge de Son Major, un día fui a ver a Jeza.)

III

NIEBLA

UN HOMBRE AL QUE LLAMABAN JEZA

La guerra finalizaba, una niebla espesa flotaba sobre el Port y la vigilancia de costa flaqueaba. En la niebla, las voces parecían remotas llamadas. La Navidad había pasado, pero aún algunos niños recorrían las callecitas del Port, con las canciones de siempre; sus pisadas se desgajaban del silencio y caían, como otros ecos, otras voces.

El 12 de agosto de 1939, a las cinco y media de la tarde, era prácticamente de noche. La mujer de Jeza y un muchacho abandonaron la isla en una lancha motora. Les ayudaron la niebla y el mal tiempo. Al alba distinguieron el macizo de Garraf. Cerca de Castelldefels, una lancha patrullera les dio el alto, y fueron conducidos a Comandancia de Marina. A la media hora llegaron dos agentes del SIM. Ella se dio a conocer y pidió contacto con Esteban Martín, miembro del Comité Regional del Partido. Entregó los documentos, y fueron puestos en libertad.

1

A mí no me comprometáis —dijo Es Mariné—. Dejadme en paz.

Manuel se acercó a la balaustrada. Correteando como un perrillo, Sanamo le siguió:

—Ahí debajo está. Últimamente salía con ella; aunque las barcas están controladas y nadie puede tenerla sin conocimiento de la autoridad... él era él. Ya lo sabes.

Sanamo sacó algo del bolsillo, y lo acercó a su oreja. Inmediatamente lo reconoció. Era el reloj de Jorge de Son Major. También su abrigo, el raído y anhelado abrigo con cuello de terciopelo, que casi arrastraba ahora el viejo, enredándose en los rollos de cuerdas, sacudiéndolo con amoroso cuidado, como veía hacer a las señoras.

—El mar, Manuelito —dijo Sanamo—. ¿Te acuerdas? Cuando salíamos juntos al mar, con él... ¿te acuerdas? El mar de los griegos y de los fenicios...

(Por el mar de los héroes y de los mercaderes, la vela desplegada del sol huye rosada y cruelmente, hacia su muerte. El viejo reloj de Jorge de Son Major, con sus esmaltes azules, es un gran incentivo, también. Todo empuja, todo rueda, como el sol y el trueno, sobre el mar. El viejo y atrancado reloj que Sanamo sacude en su oreja, como si pretendiera despertar algún animalillo perezoso, repitiendo la voz de un tiempo muerto. Sanamo y Es Mariné tienen miedo, y nadie quiere dejarse apresar por lo que no desea, pero el relojillo de oro grita, en su silencio, y Sanamo lo sacude en su oreja, con la esperanza de no morir demasiado pronto.)

—¿Vienes a verla? —musitó Sanamo. Sus labios temblaban.

—¡Espantapájaros! —dijo Es Mariné—. ¡Quítate esas ropas si quieres venir a esta casa! Cuervo maldito, no respetas nada.

El ojo encendido de Es Mariné se clavó en la mano derecha de Sanamo, donde brillaba el reloj. Sanamo lo ocultó en lo profundo de su bolsillo.

—Siempre me ha envidiado, ya lo sé —dijo—. Te juro que no hubiera puesto los pies en tu casa, sino es por este ángel. ¡Un ángel bajado del cielo!

—No quiero saber nada —repitió Es Mariné—. Nada. Dejadme en paz.

Les volvió la espalda y entró en la casa.

—Vamos.

A la derecha de la terraza nacía la escalerilla del embarcadero. Sanamo le precedió. Su pequeña mano nudosa iba agarrándose al borde del pasamanos. Pisaba con cuidado, para no tropezar.

La *Antínea* era una típica barca mallorquina,

con motor. Bajo las bóvedas de la terraza de Es Mariné, el agua emanaba un eco oscuro, como un frenado grito. Escuchó el golpe de las olas contra las columnas de piedra rosada. La *Antínea* apareció, amarrada, como un noble animal.

—Tú, ahora, ¿cuántos años tienes?

Manuel dudó un momento.

—Voy a cumplir diecinueve.

—Pero si eres un niño —y pensó: (no es así, deberías decir: no voy a cumplir nunca diecinueve años). Lo dijo en voz muy baja, para que él no la oyera.

Se levantaba un viento bajo y gris, que barría la niebla.

—Si tuviéramos suerte —dijo Manuel— tendríamos a la niebla con nosotros. (Si tenemos suerte podremos ir a morir a tiempo.) Un dolor, un gran remordimiento, una desazonada visión de la juventud, se levantó entre ellos dos.

—No quiero arrastrarte a esto, Manuel. Déjame sola. Bastante hiciste por Jeza, y por mí.

Él no parecía oírla. Informó:

—La vigilancia de la costa es prácticamente nula. (Es Mariné dijo: *la guerra está ganada, pero, de todos modos, tened cuidado. La mejor hora las cinco y media, las seis... A mí, dejadme en paz, yo no sé nada, no me comprometáis.*)

Había una palabra entre ellos, que no querían decir, a toda costa. Una ciega palabra de silencio, flotando en torno. (Todo parece indicar que se cumplirá una misión, o, tal vez, una esperanza.)

Algo que pudiera reportar algo a alguien, algún beneficio.

—Es Mariné ha dicho: *tened suerte. Os la deseo, a los dos.*

(Los animales no hacen nunca gestos inútiles, solamente los hombres. Pero sólo haremos aquello que podemos hacer, nadie es héroe de nada, aprendemos unas cifras, equivocadas o no, y morimos.)

—El motor está en buen estado.

Sanamo apareció —hacia rato que estaba con ellos, y, sin embargo, hasta aquel momento, no se le veía, ni oía—, y chilló:

—¡En perfecta estado! El señor salía a menudo conmigo. Dábamos sólo una vueltecita. Sólo por recordar.

Marta se estremeció. (*Sólo por recordar*. Así hacen los viejos. Como yo. Voy a recorrer la muerte de mi vida, mi propia muerte. Jeza, Jeza, qué hiciste conmigo. Pero, tanto hablar de ti, y a ti, no te dejamos decir nada. Al contrario de nosotros, pobres piezas propicias a la gran trampa. Tu vida, tu muerte, es más elocuente que todas las palabras que se puedan decir. Ahora, así, tengo la extraña sensación de que Jeza no ha existido nunca. De que es una pura invención nuestra. José Taronjí, yo, Manuel, Raúl desde su ángulo... Sí, nos lo hemos inventado. Nadie sabrá, realmente, quién fue, qué pensó, qué contradicciones tuvo que sobrellevar dentro de su pesado caparazón de hombre. Yo sé lo que Jeza hizo, no sé lo que sintió, ni lo que pensó. Contra qué íntimos sentimientos hubo de luchar, contra qué dudas, contra qué miedo. Nunca lo sabré. Le pertenece, como la muerte.) Tuvo frío y se arropó en la chaqueta. A través de la ventana veía huir la niebla. Diminutos espejillos se formaban en el suelo, y brillaban. Se volvió a Sanamo:

—¿Te puedo pedir algo?

—Di —el viejo la miraba con ojillos turbios. (Al contrario de Es Mariné, fiel a una idea, a un sentimiento, Sanamo ha nacido, quizá, para traicionar sus propias razones. Disfruta con lo escondido, con la clandestinidad. Las cosas claras no van con él. Su guitarra, tal vez, penderá siempre del clavo, nostálgica. No lleva rosas en la oreja.)

—Vete a donde mi hijito, alguna vez, y dile a Marcela que me perdone.

—¿Tienes un hijito, paloma? —murmuró Sanamo—. No lo sabía. Créeme, no lo sabía.

—Está allí arriba, con la hermana de Simeón. Sí, la conoces. Yo sé que la conoces.

—No soy de esta tierra, cordera. No conozco a nadie, nací muy lejos de aquí.

Manuel le puso una mano en el hombro:

—Vamos —dijo. (Un filo corta, de improviso, todas las ataduras, las turbias amarras que teje el ser humano con la tierra, barcos que no desean partir.) Ella instistió:

—Entonces, ¿no puedo encomendarle a nadie?

—A nadie, es cierto —dijo Sanamo—. Es bien cierto. Pero, ¿un vaso de vino?

Manuel parpadeó. (Una voz, aquí, dijo: *recor-*

daréis en el último momento, unas oscuras rosas, esas gotas de lluvia. Todo se desprende y cae, como el polvo. No era verdad.)

—Venga ese vino, Sanamo. Por ti. Por tus largos años de vida.

—¡Sí! —gritó el viejo.

De pronto se había sublevado, se alzaba sobre las puntas de los pies, esgrimía su dedo oscuro y retorcido:

—¡Viviré, viviré largamente, jovencito, mal hijo! ¡Viviré largamente, para que mi lengua se canse de maldecirte!

Y empezó a llorar. Su llanto, como una lluvia seca, más hacía sonreír que otra cosa. Manuel le puso la mano en la cabeza:

—Estoy seguro de lo que dices. Cálmate.

Casi daban ganas de secarle las lágrimas y sonarle, como a un chiquillo. Sanamo se restregó las mejillas súbitamente mojadas:

—Así es, Manuelito, malmuchacho. Viviré largamente, y cantaré tu cancioncilla y diré: escuchad, es la historia de un pobrecillo que se fue a perder su guerra. A mucha gente le parecerá algo raro. Tú siempre lo fuiste. A veces, pensaba que era la encarnación viva de Aquel Otro. Ay, pelirrojillo, qué triste es todo contigo.

Le puso la mano en el cabello y añadió:

—Estos rizos parece que van a arder de un momento a otro. Eres como una llama, puedes prender todo un bosque.

—¡Basta! —dijo Manuel—. ¡Has leído demasiadas historias!

—¡Tu padre lo sabía! ¡Tu padre que me envenenó la vida, lo sabía! Él me enseñó a leer, a los veintisiete años, pero, maldita sea mi suerte, para cuánto mal.

(Vivirá largamente, y su vida será el peor castigo. Desea morir, y no sabe cómo. Somos afortunados, después de todo.)

Afuera, a medida que la niebla huía, el frío se adueñaba de todo.

2

Un pulido y ordenado desván, donde alguien limpió, uno a uno, todos los objetos de deshecho. Fanales, veleros diminutos, barcas griegas y fenicias. El gabinete de Jorge de Son Major: amordazado y ciego, reteniendo el lamento de los objetos.

—Dame el saco, Sanamo —dijo Manuel.

El saco marinero se arrastró y avanzó sobre el suelo, con un roce aterciopelado, como el vientre de un animal.

—La brújula, los catalejos, las cartas marinas —rezó Sanamo, alineando los objetos sobre la mesa de Jorge de Son Major. La había encerado y pulido, y olía como un panal.

—Sanamo..., ¿es aquí, donde lo encontraste muerto?

—Ciertamente, aquí.

—¿Cómo fue, Sanamo? ¿Te diste cuenta en seguida?

—¡Ah, no! No en seguida. Yo andaba en la cocina, había preparado un cordero con menta, como a él le gustaba: iba a decírselo, subí y llamé dos veces a la puerta y él no contestó. Pero él solía hacer eso, a veces, y yo comprendía que quería estar callado y solo. Bajé otra vez, y anduve trajinando en mis cosas. Ya sabes, soy muy cuidadoso, esta casa fue siempre el espejo de mi corazón... Entonces, sonó la hora en el reloj, y así, sin más, me dio un vuelco el corazón, una vuelta de campana, tal como te lo cuento, y me dije: ay, Sanamo, Sanamo, el Señor te está dejando de su mano.

—¿Cuál de ellos? ¿A cuántos señores sirves tú?

—¡No seas malo, dulcecito mío! No eres el de antes. No eres aquel niño que tanto quise... que él quería tanto, cuando me decía: *¿Cómo engendré una paloma, yo, un cuervo?*

—Calla, Sanamo. Nunca pudo él hablar como tú. No se puede saber nada cierto contigo.

—No te enfades. Esucha, sigo el hilo: entré, y estaba él ahí, sobre la mesa, doblado. Parecía dormido, pero cuando le di un empujoncito en el hombro se derrumbó hacia la derecha, y cayó, como un saco. Pobre señor, tenía el corazón gastado. Porque, sabes, hijito, las vísceras, como las máquinas, se gastan, se estropean, se atrancan. Vaya, así es: se muere, todos los días por cualquier tontería. El médico dijo que era una angina de pecho. Lloré mucho, te lo juro. Había rosas por todas partes, encarnadas, como a él le gustaban, y fui y traje todas las que pude, se las eché encima y me dije: es lo último que puedo hacer por ti, porque mi pobre guitarra no la oirás jamás... ¿Crees tú, Manuelito, que no la va a oír más? Y tú, Manuel, ¿la oirás alguna vez? Será muy triste pensar que ya, si quiero recordar algo, tendré que ir a buscar los graznidos de ese viejo buitre de Es Mariné... Sólo él, a pesar de todo, oirá la guitarra con los mismos oídos que mi señor, o que tú, niño mío. ¿Te acuerdas, te acuerdas, te acuerdas...?

De pronto desfallecía, sus manos caían, abandonaba el trajín con que intentaba ayudarle a recoger y guardar objetos. Calló, como si pensara que ya nadie iba a oír sus palabrerías, sus canciones (cómo, toda la vida, se desconcha y cae a su alrededor, también).

—Te aterra la muerte, viejo endiablado —dijo Manuel, con su afecto que venía, aún, de la orilla cada vez más lejana de su infancia.

—Viviré, Manuel, viviré: enterraré a Es Mariné, lo juro —hizo una cruz con el índice y el pulgar y la besó.

Súbitamente, una idea vagó en sus ojillos:

—Oye, Manuelito, hijo, ¿has hecho testamento?, ¿te has acordado de mí?

El doce de enero, sobre las siete de la mañana, empezó a llover. A las dos y media cesó la lluvia, y un sol débil palidecía sobre los objetos. Luego, una oscura franja avanzó sobre el mar, bajas nubes se alejaron hacia el este, y el cielo se convirtió en una amplia lona hinchada. El viento golpeaba velas invisibles, y legiones de gaviotas bajaron al borde de la playa, gritando. En la terraza de Es Mariné, Marta contemplaba la huida de las nubes, y el viento.

—Toma —dijo Es Mariné.

Le tendía algo, pero sólo le veía a él, extraño, como un fantasma, entre las jaulas vacías. Mambrú revolvía sus ojos encendidos. En poco tiempo el cabello de Es Mariné se volvió blanco del todo. Había envejecido totalmente.

—Es lo único que puedo darte, mi regalo de despedida.

Ella tomó la botella, en silencio.

—Ahí vienen —dijo Es Mariné.

Corrió a la balaustrada, apoyó su cintura y se asomó al agua. La noche se vertía, se interponía entre la luz y el mundo. La barquichuela de Sanamo se acercaba.

—Vamos —dijo Es Mariné.

Eran las cinco y cuarto, aproximadamente. Bajaron la escalerilla, hasta el pequeño embarcadero. Manuel descargaba el saco. Sanamo estaba quieto, contra la columna. El abrigo de Jorge de Son Major casi le rozaba los zapatos, y acariciaba deleitosamente las vueltas del ajado terciopelo.

—Nadie teme nada ya —dijo Es Mariné.

Manuel desamarró la *Antínea,* Es Mariné fue hacia él, le agarró el brazo, lo volvió hacia sí, y buscó, con un mudo desespero, su rostro, sus ojos. Dijo, en voz muy baja:

—Yo ayudé, una vez, a traicionarte, sin saberlo. Quiero decirte una cosa: ¿has podido perdonarme?

—No hay nada que perdonar —dijo Manuel; y aquello pareció exaperar a Es Mariné:

—¡Estás loco!

Marta notó que algo, alguna cosa recóndita, perdida ya en un tiempo irregresable, temblaba en su voz. (Un tiempo en que, quizá, deseó, vivió o pudo morir por algo.)

—¡Estáis locos, los dos! —repitió. (Una mano que aferra algo, durante años, y, de pronto, debe desasirse, y abandonar su objeto; desgarradoramente crispada, en el aire, reteniendo el vacío, el silencio.)

—¡Déjalos en paz, ahora! —Sanamo avanzó—. ¿Acaso crees que te van a hacer caso? Déjales, son de otra raza. Quizá tengan suerte.

—No la suerte que tú y yo podemos conocer —dijo torvamente Es Mariné.

Los dos viejos estaban ahora muy juntos, sus siluetas se recortaban sobre el oscuro mar. La noche ya había llegado. La mano de Sanamo, un pequeño manojo de sarmientos, continuaba acariciando el terciopelo negro, una mano (una parda araña donde la vida se revuelve agónicamente, apegada al mundo, a la tersura de un desvaído terciopelo, la vida, como la muerte, se abre paso a coletazos, ahí al lado, en su desdentada boca, en sus ojuelos de diablo doméstico), cada vez más floja y desvaída. (Yo no amo esta vida, no la puedo amar si no me muestran algo mejor, más allá de donde yo fui, no comprendo la vida, porque mi vida aguardaba algo diferente. A nuestra espalda, quedan los amos de la tierra, mujeres pasivas, niños curiosos e indefensos como animales, todos, perdiendo uno a uno los minutos de la vida, como gotas de un líquido resplandeciente y venenoso. La muerte puede ser algo pleno, sensual.) Manuel miró a la muchacha. El cabello, lacio y dorado, caía por detrás de sus orejas. Parecía un muchacho. (Nunca me pareció una mujer, porque, a pesar de su belleza, hay algo en ella aparte, distinto.)

La ayudó a saltar a la *Antínea*. Oscurecía. Apenas hacía unos minutos aún distinguía los rostros. Ahora no. Es Mariné llevaba un farol en la mano, pero no lo había encendido. Por sobre el mar, la niebla se espesaba, otra vez. Las olas golpeaban suavemente los flancos de la *Antínea*. La franja de plata que poco antes aún centelleaba sobre la Ensenada de Santa Catalina, donde mataron a José Taronjí, se borraba también en la niebla y la noche. Sanamo arrojó el saco por la borda y retrocedió (como quien echa víveres a una cueva de apestados).

—He puesto comida. Mucha comida, Manuelito, perfumada con menta... Que Dios os guarde —cortó súbitamente.

Su voz tenía el quedo y apasionado chisporroteo de los leños, de las hojas amontonadas en hogueras, en el jardín de Son Major. Acababa de nacer un silencio (pero el más espeso silencio está ahí, en ese ángulo, en el aglutinado macizo de su sombra; el silencio de Es Mariné dimana voces, lejanas, perdidas, ecos de algún coro que explica lo que hay que hacer para vivir, para respirar, para beber y andar sobre la tierra, con pesados fardos sobre la espalda y la conciencia; cenizas que arroja el viento sobre alguna arena implacable; toda la isla, de pronto, parece ahí centrada, en su negrura y su silencio de hombre).

—Mariné —llamó, en voz apenas audible.

Pero Es Mariné no contestó, y pareció fundirse aún más en la oscuridad. Fue Sanamo quien dijo, con un amordazado grito (es a sí mismo a quien despide, es a sí mismo a quien llora, es a sí mismo a quien entierra y cubre el cuerpo de rosas y de lágrimas).

—Adiós, adiós, vida mía, adiós, que te guarde el cielo y todos los dioses que existen, o puedan existir, o hayan existido, que te acompañen a donde vayas... *(adiós, príncipe de mi casa, niño mío).*

Su voz, más que oírse, se adivinaba (porque yo he oído tantas veces esas palabras y esa voz, que tal vez, sólo lo estoy pensando, soy yo quien oye su pensamiento: él me preguntó si oiré alguna vez la música de su guitarra), y el silencio era algo vencido (infinitamente irremediable; una hilera de árboles desnudos y negros en la noche; el eco del yunque que se pierde; las azotadas cenizas de los cuerpos quemados y aventados. Puedo oír en toda esta negrura, en la sombra del cuerpo quieto de Es Mariné, la gran queja; un lento requiem, como la oculta voz del mundo, aproximándose a un intemporal crepúsculo: no hay ayer ni hoy, tan sólo una larga, blanca, inerme región, sin tierra, ni mar, donde laten los gritos de los hombres que piden lluvia, de las mujeres que piden amor, de los niños que levantan inútiles balanzas, donde la justicia, el mal y el bien no mantienen su fiel: el mundo, aquí, ahora, pierde sus dimensiones, y, algo, una enorme lengua, quizá, recorre la tierra húmedamente. La ancha lengua del hambre y la sed).

La *Antínea* aguardaba. Manuel se inclinó en la oscuridad y el motor empezó a barbotear. Algo removió a Sanamo, quizá deseó decir algo. Se acercó al borde del mar, levantó las dos manos; pero su voz se perdió, su siseo era ya sólo un recuerdo, y la tierra se fue desprendiendo, lentamente, de ellos dos (la isla entera, con sus gardenias blancas, y la Resurrección de entre los muertos, se desprende, como una mano que afloja su presión). Sin apenas sensación de movimiento la *Antínea* avanzó, a través de una ruta que se borraba recién iniciada (como la huella de un paso, de alguien que ya no es, que tal vez ya no existe).

3

El primero que subió la escalerilla fue Es Mariné. Sanamo le siguió.

Ya dentro de la casa, encendió la luz. Una bombilla sucia, pendía de un cordón cubierto de moscas. A la amarillenta claridad tomaron cuerpo los objetos: las cajas de lata con marcas de caldo, los rimeros de jabón, las conservas, las cajitas de canela, azafrán y clavo, las botellas. El espeso olor de las especies llenaba el ambiente. Se volvió:

—¿Estás ahí?

—Aquí —respondió Sanamo.

Hacía frío. Oyeron los correteos apresurados de las ratas. Algo tintineó.

—¿Qué es eso?

—No sé.

—Bueno, ¿vamos a echar un trago?

—Sí. Hace tiempo, mucho tiempo, Mariné, que hubiera venido a decirte algo. Sabes, siempre te he maldecido, pero en el fondo de mi corazón...

—¡Calla! ¡A mí no me vengas con tus monsergas!

Un brazo tanteaba en la oscuridad, una mano chata, con dedos cortos y peludos, buscaba la panza negra de la botella, en el estante. Los ratones iban y venían otra vez, entre las cajas, habituados a la pequeña luz. La niebla se pegaba a los cristales, como un aliento.

—No sé si recordarás este licor —dijo Es Mariné—. Lo conservé un tiempo y dije para entre mí: algún día vendrá alguien, que lo beberá y dirá: *Mitylena. Andros...*

Sanamo levantó las dos manos y se tapó la cara.

—¡No lloriquees! Mírame a mí. Yo no sé lo que es eso.

Vertió el líquido en dos copas azules (tan azules, de pronto), en el recinto oscuro, con su vaho de mercancías, de dulces rancios, negros polvos del ensueño.

—Sanamo, Sanamo —dijo lentamente Es Mariné, chasqueando la lengua contra el paladar—. Nunca nos hemos querido, y, ahora...

—¡Esto es el infierno! —gimió el otro, tras limpiarse los labios con el revés de la mano—. Yo lo leí una vez: esto es. Sabes, viejo pulpo, nunca nos quisimos, y ahora, si deseamos tener algo de lo que amábamos (algo sólo, he dicho, ¿eh?), tendremos que huronear el uno en el otro, para encontrarlo.

—Mira, déjate de palabrerías conmigo. Yo no tengo su paciencia.

Su paciencia, como un pájaro degollado, cayó, de golpe, entre los dos. Dijo Sanamo:

—Ni siquiera sirves para llorar. Anda, échame otro traguito. En *Mytilena* lloraba yo, y tú te burlabas de mí. ¡Yo sí tenía corazón, viejo asqueroso, yo sí tenía corazón!

—Tus muchachitos lo sabían —rió Es Mariné—. Ay, Sanamo, Sanamo, pensar que me alegra tenerte aquí, ahora. Verdaderamente, somos viejos. ¡la muerte está tan cerca!

—La tuya, cretino —dijo Sanamo. Tragó de un golpe, y añadió:

—Si yo tuviese poder, como por ejemplo, los Taronjí —los ojos de Sanamo relucían, empapados del dulce y triste licor—, hubiera arrojado su cadáver al centro de la plaza, y todos los caballeros (los verdaderos caballeros de San Jorge), habrían galopado en círculo, sobre caballos negros, alrededor de su cuerpo, dando gritos, antes de darle sepultura. Ésos hubieran sido sus verdaderos funerales, mientras que así... ay, Mariné, Mariné, qué triste época nos ha tocado resistir.

—¡Imbécil! —dijo Es Mariné, volviendo a llenar las copas.

—Pero, sólo soy un criado.

—Yo, un marinero. Ahí tienes la diferencia. Nunca me he rebajado, ni me rebajaré.

—Y un poeta soy —continuó Sanamo—. Él lo dijo: *sólo tú y las putas quedáis, poetas.*

—Maldito seas, ¿quieres dejar de hablar así? ¿No te das cuenta de lo que está ocurriendo? ¿No tienes entrañas, viejo maricón, no tienes cerebro debajo de esa mata de pelambre?

De repente se enfureció, fue hacia un rincón, y entre las dos manos traía algo largo, verde, brillante.

—¡Mira lo que hago yo con todo! ¡Mira lo que hago con todo lo que nos une aún!

Levantó las dos manos, que sostenían la botella, con la reproducción del Delfín.

—¡No, Mariné, no! —Sanamo quiso detenerle, pero era tarde; Es Mariné lo estrelló en el suelo, y lo pisoteó. Crujían las delgadas virutas, las velas de papel, las conchas apiladas en el fondo de la botella, bajo sus botas.

Sanamo se quedó encogido, con la boca hacia abajo, como un payaso.

—¿Por qué haces eso?

—¿Y acaso él no le prendió fuego, un día?

—Es distinto. Nosotros no tenemos otra cosa.

—¡No tenemos otra cosa! ¡No la tenemos porque no la merecemos! Mercaderes somos, Sanamo, mercaderes moriremos.

Se sentó y dijo:

—Anda, Sanamo, alcanza la botella y las copas. Vamos a beber un poco. ¿Quieres fumar?

—Lo que a mí me gusta fumar, no lo tienes.

—Ya no, Sanamo.

Los ratones roían las velas y las pastillas de jabón.

—El otro Delfín lo tengo en casa. Igual al que acabas de romper. Pienso que no todo muere —Sanamo ahogó un hipo.

No hubo luna, sólo niebla, un tanto huidiza. La misma niebla que rodeaba el barboteo de la *Antínea*, aún crepitándoles en los oídos.

Ya avanzada la noche, Es Mariné se quedó dormido, contra la mesa. Sanamo resistió algo más, y, al fin, se tumbó entre los rollos de cuerdas, cruzando sobre su pecho el cuello de terciopelo.

Cuando el sol apuntada, un grito de Mambrú levantó de un salto a Es Mariné. Se restregó los ojos. La niebla aún lo cubría todo. La bombilla encendida era un ojo, redondo y amarillo, lleno de polvo; y todos los anuncios de cerveza, caldos, cafés, especies, vinos, jabones y chocolates, reverberaban bajo una luz esmerilada.

—Sanamo —dijo quedamente Es Mariné—. Sanamo, despierta y vete, está amaneciendo.

Un resplandor, como una vigilante mirada, invadía su sector visual: el pálido cielo cortado por la oscura rigidez del agua. Luego, algo se abría, como un ancho sendero plateado, y la franja de agua revivió, incesante. Estaba amaneciendo.

Las olas venían, en interminables batallones, enrollándose, diluyéndose y muriendo, chocando contra el casco de un modo blando y pastoso. La *Antínea* subía y caía, tironeando sus cables. Pareció despertar, estremecerse, volver a alguna vida, y, deteniéndose un momento, como un nadador entre las olas, se lanzó hacia delante. Se bandeó, se echó a un costado y, ganando velocidad, cayó en el seno de las olas. Entonces se dio cuenta de lo que sucedía.

Todo, hasta aquel instante, fue como un sueño letárgico, como niebla, o una cortina de humo. Pero ahora, estaban allí, acercándose inexorablemente a la costa. De entre la bruma, empezaba a perfilarse el macizo de las rocas.

Una patrullera se acercaba, iba perfilándose, poco a poco entre la bruma. Oyeron las voces de alto. La costa se alzaba ahora, más cercana, entre el humo transparente y azul. De pronto, al oír las voces de los hombres, Marta reconoció el silencio que les mantuvo durante toda la noche. (No hemos dicho una sola palabra, desde que partimos.) Cada uno de ellos encerrado en su propio silencio. (Acaso ha tenido miedo, el pobre muchacho.) Ella dormitó algo. Él no. Habían trabajado juntos, vivido juntos la anhelante emoción su miedo acaso. No sabía si tuvo miedo. No podía distinguirlo, en aquella gran espectación que se abría en ella, desde la muerte de Jeza.

Ocho hombres tripulaban la lancha. Las metralletas brillaban en la naciente claridad. Marta miró los hombres: tres demasiado viejos, cinco demasiado jóvenes, casi niños. (Esto me da la medida de las cosas.) Pero no sentía desfallecimiento.

El puerto fue dibujándose, como un antiguo y casi olvidado fantasma. Era un extraño cementerio, donde flotaban el primer sol y la bruma. Del agua emergían los cascos de varios buques hundidos; enormes cuerpos bandeados, desfilaban lentamente ante sus ojos, acostados en el agua negra, con muerte humana, densa.

Los marineros registraron la *Antínea*. Uno de los muchachos abrió el saco de los víveres, tan cuidadosamente preparado por Sanamo. Las manos ávidas, rebuscaron, repartieron. El muchacho, de pie, mordía ansioso, sus dientes buscaban y se hundían, casi con ferocidad, salpicado por la espuma, la bruma, la luz débil del amanecer. Con un brazo sujetaba el arma, y el otro, levantado hacia la boca sostenía un trozo de carne mordido. Las metralletas tenían una negrura casi dolorosa. Diezmaban los víveres y los repartían. Sus palabras, el brillo de sus ojos y de las armas, tenían un chasquido distante, extraño, en el alba. Solamente los barcos hundidos, daban la dimensión de una sorda tragedia.

Desembarcaron, conducidos por los marinos. Dos de ellos quedaron en la amarrada *Antínea*.

La niebla andaba allí dispersa, como un polvo huidizo, dorado.

—¡Todo ruinoso! —murmuró Marta. Manuel volvió la cabeza y le sonrió. Él no conocía aquello, no lo había visto nunca, no podía sentir lo que ella sentía. Los edificios negruzcos, los depósitos de petróleo quemados, los hangares medio derrumbados, con las techumbres agujereadas. Todas las fachadas aparecían desconchadas por la metralla. *Él no puede sentir lo que yo siento.*

4

Allí estaba el pequeño chalet, junto a la curva de la carretera, entre las húmedas hierbas de los solares. La casa pequeña y rosada, con sus ventanas bajas, y la verja mohosa. La casa, resurgida. Real, terriblemente cierta, vacía.

—Pero, ¿qué vas a hacer? ¿No ves que todo está perdido?... Aquí todo ha terminado. Venid con nosotros. Os haremos un sitio en el coche, te lo prometo. Venid, aún se puede hacer mucho, fuera de aquí. Aquí, no.

Esteban Martín, era un hombre bajo y ancho, con espeso cabello gris. Sus ojos, azul porcelana, la miraban con una mezcla de compasión y asombro.

—¿Ya no queda nadie? —dijo ella.

Esteban Martín señaló la casa con un gesto:

—Míralo. Nadie. Creedme, venir, estamos a

tiempo. Nos vamos a Francia. Los coches escasean, pero vendréis conmigo. Venid.

La mano impaciente de Esteban se posó en su hombro. Una nube de partículas negras venía hacia ellos, en el aire. En el jardincillo de la casa, ardían papeles, ficheros, cartas. Fueguecillos pequeños invadían la tierra aún húmeda, y, en aquel momento, sintió un intenso dolor en la garganta, como si le clavaran menudos y punzantes cristales.

—Manuel —dijo.

El muchacho seguía a su lado, callado y pensativo. Qué niño le veía ahora, con la cabeza ladeada, los ojos velados, mirando hacia la tierra.

—Manuel, tú vete con ellos.

Manuel no dijo nada.

Entraron. Dos hombres, aún, amontonaban papeles. Esteban se apartó y fue a hablarles. Un cartel desgajado, arrastrado por el viento, corrió hacia sus pies. Marta se inclinó, lo cogió. Era un girón de papel, con un soldado; descolorido por el sol y la lluvia, temblando entre sus dedos. El humo, el hollín, se venían otra vez hacia ellos.

—Aquí viví con Jeza —dijo Marta.

El veinte de enero, a las siete de la tarde, ni un solo ruido despertaba en los rincones, ni un chasquido, ni siquiera se oía el viento. No hacía frío, sólo una humedad creciente empapaba las paredes y la tierra. Del jardín nacían sombras, bajo los desnudos árboles. A través del cristal de la ventana, el cielo de la noche se plateaba.

—¿Por qué no te has ido con ellos? —dijo Marta.

Estaba allí, en el marco de la puerta. No decía nada, sólo la miraba, quieto, con una tranquilidad, y un silencio que, súbitamente le devolvieron algo. Un eco perdido u olvidado, un tiempo interno, que nada tenía que ver con el reloj.

(Raúl tenía dientes grandes y blancos, relucientes, entre los labios abultados. Cuando se reía, sus ojos, empequeñecían extrañamente, se cerraban casi, en el rostro atezado, y de todo él nacía algo feroz y bello. Se reía, y dijo:

—Bueno, hijita mía, está comedia acabó. ¿Te ves capaz de seguirme?

Estuvo día y medio aguardándole. Se fue con Elena, el día en que madre les descubrió. Ahora volvía, estaba allí; sonriendo no, riéndose. Ella dijo:

—Bueno, por probar, nada pierdo.

Raúl le pasó el brazo por los hombros. Notó su mano en el cuello.

—¿Se ha muerto?

Raúl apretó más la mano contra su garganta.

—Lo que más me gusta de ti —dijo— es que no tienes conciencia. Vámonos de aquí, esto apesta, me ahogo. Nos vamos a Barcelona, allí tengo buenos amigos. Todo irá bien, verás.

—Lo creo.

Pero ni lo creía, ni lo dejaba de creer. Le daba lo mismo. El caso era, como él decía, *esto apesta, me ahogo.*)

—Me quedo contigo —dijo Manuel.

—Debías irte con ellos. No debiste quedarte.

Manuel fue hacia la apagada chimenea. Se agachó, arrugó un manojo de papeles, cogió un puñado de astillas, y lo prendió.

—Queda un poco de leña, abajo. Esteban dejó latas de conserva y algo de comida.

Por primera vez, desde hacía tiempo, él sonrió. Así, agachado, tenía un aire juvenil, casi alegre. Marta contempló las manos morenas, que ya le llamaron la atención, por su fuerza. Manos que, como todo él, daban la impresión de una fuerza arrolladora, salvaje, contenida como un grito. Era un muchacho, alto, poderoso, y por eso extrañaba más la suave tensión que se adivinaba en sus gestos. Algo como un retenido alarido, que no quisiera, por ningún medio, dejar escapar de su garganta, de todo su ser.

La casa estaba despojada de visillos, cortinas, postigos. Las ventanas aparecían desnudas, horriblemente abiertas, como ojos sin párpados. Fue al sótano en busca de leña, y la subió. Manuel seguía arrodillado, frente a la chimenea. El fuego prendía, se levantaba en la negra y fría boca. Espejeaban los cristales, y los pocos muebles que quedaban, se nimbaron de un calor rojizo. Ella se sentó a su lado, mirando el fuego.

(El primero de octubre llegaron a la ciudad, al anochecer, en el Panhard de Raúl. Se instalaron en una pensión de la calle Mayor de Gracia, cerca de la Rambla del Prat. La habitación tenía un balcón que daba a la calle Mayor. Raúl lo abrió de par en par, y las persianas golpearon violentamente contra el muro. Con la mano abierta señaló la fachada de enfrente. La atrajo hacia él, notó el brazo apretado alrededor de sus hombros. Algo extraño, desconocido, agitaba a Raúl.

—Mira, ahí la tienes —dijo.

—¿El qué?

—Ahí enfrente, esa tienda. La droguería.

Vio una puerta amplia, con un escaparate a cada lado. Un letrero rojo, donde se leía: *Viuda de Pablo Zarco, Droguería.*

—Ahí está, mi infancia —dijo riéndose. Pero algo sordo encerraba aquella risa. *Quizá odie su infancia, como yo.*

—¿Ahí?

—Sí, te parece mentira, ¿verdad? Pues mira, ¿ves esa ventana, en lo alto de la casa? ¿Ésa, hacia la izquierda, estrecha y larga? Ahí pasé muchas noches, en vela, consumido, podrido.

Ella no supo qué decir. Todo le resultaba ajeno y extraño, y le molestaba la pasión en la voz de Raúl. *Yo no quiero que me hagan confidencias,* se dijo. *No me gusta que la gente me cuente sus cosas feas. Tampoco voy yo con mis historias a nadie. Eso se queda para Dionisia, Elena y gente así. A mí, que me dejen en paz.* Sacudió el brazo de sus hombros, y empezó a dehacer la maleta. Con el rabillo del ojo le observaba. Él seguía de espaldas a ella, los brazos emcruzados sobre el pecho, mirando a la calle. Empezaban a encenderse los faroles, y una claridad verdosa se extendía por el cielo, entraba en la habitación. Irritada, encendió la luz:

—Cierra las persianas, hace frío.

Raúl obedeció, en silencio. Inesperadamente, dijo:

—Nunca te hablé de mi hermano, verdad?

—No.

—Ahí, trabajábamos juntos. Hace tanto tiempo, y, sin embargo, ahora me parece que apenas hace unos días de todo aquello. Que fue ayer.

—Bueno.

—No te importa, ¿verdad?

Ella se encogió de hombros.

Pocos días después, ocurrió aquello. Era en las primeras horas de la mañana, ella dormía, cuando oyó los pasos precipitados, el rumor de la calle, los gritos. Abrió los ojos, sobresaltada. Raúl estaba en el balcón, asomado, con los dos brazos apoyados en la barandilla de hierro.

—¿Qué pasa? —dijo, saltando de la cama. Aún tenía los párpados medio cerrados. Se acercó por detrás de él, miró, por encima de su hombro. Allá abajo, en la calle, varios hombres, vestidos con extraños uniformes de color beige y correaje, levantaban los adoquines de la calle, y formaban con ellos una especie de muro.

—¿Qué hacen ésos?

—Están levantando una barricada —dijo Raúl. Su voz le sonó extraña, y le miró, curiosa. Él se mordía el labio, y tenía los ojos medio cerrados. *Parece como cuando tiene envidia o un gran deseo de algo.*

Durante todo el día, la calle fue un hervidero.

—No salgas de casa —dijo Raúl.

La dueña de la pensión, una mujer gorda, de pelo muy negro y párpados pintados de azul, hablaba precipitadamente tras el tabique. Se oía un altavoz, que clamaba, que llenaba la calle. También atronaba la casa la radio, puesta a todo volumen por la dueña. Los huéspedes estaban reunidos en el saloncito. Todo el mundo parecía nervioso. Dos de los huéspedes se pelearon. Oía sus gritos, sus insultos. Raúl asomó la cabeza por la puerta, y dijo:

—No te asustes, no salgas de la habitación.

—No me asusto, a mí qué me importa esa gente —dijo—. No entiendo lo que pasa, ni lo que dicen.

—Hablan en catalán. Pero, de todos modos, hablaran en la lengua que fuera, tampoco entenderías nada. Tienes suerte.

Una bandera amarilla, con barras rojas y una estrella solitaria, bandeaba en la barricada. ¡Catalunya Lliure! — se oía por el altavoz.

Al atardecer, salió al saloncito. Estaba aburrida, quería fumar un cigarrillo. Raúl, la dueña y dos huéspedes tomaban café y oían la radio. Raúl dijo:

—Asturias se ha sublevado.

—Bueno, dame un cigarrillo.

Raúl le tendió la pitillera, con ojos ausentes. Con un gesto de la mano, le indicó que volviera a la habitación. Se tendió en la cama, oyendo los gritos de la calle, las carreras, los cánticos. *Qué cosas ocurren, al margen de mí,* pensó. Un vientecillo frío entraba por el balcón. Se levantó y fue a cerrarlo. *Así he de cerrar, todo lo que molesta.* Pero aquella noche, no pudo dormir, hasta muy entrada la madrugada.

Sobre las siete de la mañana, aproximadamente, se despertó. Vio luz por debajo de la puerta, de nuevo se oían voces. Se echó encima la bata y salió al saloncito. Todos parecían muy agitados.

—¿Pero es que no se puede dormir? —gimió. Raúl la rodeó con el brazo.

—Anda, acuéstate —dijo—. Sabes, se ha declarado estado de guerra. Ha fracasado la sublevación.

—¿Qué sublevación?

Los ojos de Raúl la contemplaron, atónitos. La cogió por la barbilla, tan duramente, que tuvo que sofocar un grito.

—¿Es posible? —dijo—. ¿Eres de carne y hueso, o te he inventado?

Se oían algunas detonaciones, lejanas, espaciadas. Raúl la soltó, y ella volvió a la cama.

Ya entrada la mañana, la Guardia Civil apareció por el extremo de la calle, junto al Paseo de Gracia. Se asomó al balcón, la barricada aparecía abandonada. Entró, de nuevo. Algo la sacudía, mil preguntas querían empujar su conciencia. Se sentó al borde de la cama. De pronto, Raúl entró y dijo:

—¡Esos locos!

—¿Qué locos?

—¡Están locos!

Cerró el balcón. Se sentó a su lado. Sus manos temblaban.

—¿Qué te pasa?

—No me gustan los gestos inútiles —dijo—. Odio los gestos inútiles.

Encendió un cigarrillo, y sus dedos no podían dominar el temblor:

—Un grupo de locos, con una chica. Han ocupado la barricada.

—¡Quiero verlos!

No podía dominarse más. Antes de que él pudiera sujetarla, corrió al balcón, lo abrió. Allá abajo, se movían una veintena de hombres. Parecían obreros. Y una mujer. *Es una mujer joven, casi como yo.* Cerró los ojos. La visión de aquella muchacha, la sacudía, la zarandeaba, la llenaba de un vértigo que no podía dominar. De un tirón brutal Raúl la entró, la echó sobre la cama y cerró el balcón de nuevo.

Estuvo así, echada, oyendo el tiroteo. Una hora, dos, tres quizá. No podría saberlo nunca. Temblaba, se agarraba al borde de la colcha y se decía: *me hundiré, quiero hundirme, deseo hundirme en la oscuridad, no sé nada, no oigo nada, no veo nada.*

Después, el silencio de la calle. Un silencio pasmoso, excesivo, cruel. No lo podía resistir, Raúl no estaba, parecía que estaba sola en la casa, que ya nunca más tendría compañía, en la tierra. Fue una sensación de soledad horrible, desesperante. No se atrevía a cruzar la puerta, por no hallar aquel silencio y aquella soledad. Fue al balcón, como una sonámbula, y lo abrió. Un sol pálido, iluminaba la calle. Había ropas esparcidas, armas, papeles empujados por el viento. Y allá abajo, entre los adoquines apilados, los cuerpos. El cuerpo de aquella muchacha, tendido, oscuro. Un camino de sangre avanzaba, de alguna parte, de algún lugar invisible, viscoso.

Se apartó temblando, se echó de bruces sobre la cama. Sintió el frío de sus propias manos, en las mejillas. *¿Por qué? ¿Por qué?*, chillaba una voz en su interior.

Raúl la sacó de allí, dos días después.

—Has estado enferma —dijo—, delirando, como un niño. Anda, no te preocupes más. Nos vamos a otro sitios. No volveremos por estos barrios.

—¿Por qué? —dijo, tímidamente—. ¿Por qué han hecho eso? ¿Por qué han luchado?

Raúl señaló con un dedo su cabeza, su pecho:

—Por esto y por esto —dijo—. Dos cosas de que tú careces.

Más tarde, cuando ya estaban instalados en la pensión de las Ramblas, ella vio periódicos y fotografías, de aquel suceso. Generalmente, no quería leer periódicos. Le producían un desasosiego molesto, o un gran hastío. A aquella chica la llamaban la Rosa Libertaria de Gracia. Raúl le quitó los peródicos de la mano.

—Deja esto —dijo—. Estas cosas no son para ti.

Luego señaló las Ramblas, a través del cristal.

—Esto es lo mío —dijo—. Ésta es mi zona.

¡Ya verás! Todo empieza, ahora, para nosotros dos.)

—No llegué a decirte cómo conocí a Jeza.

—No.

—Podría decir ahora que mi vida con Raúl fue un infierno... Pero no es verdad. Es decir, no sé si el infierno era aquello. Pero yo no sufrí. No podía sufrir, no sabía discernir ciertas cosas: la idea del bien, del mal, de lo justo o injusto... Qué sé yo. Sí, creo que casi era feliz, cuando conocí a Jeza. Pero eso es aún más extraño.

En los ojos de Manuel parpadeaba el resplandor de las llamas:

—¿Sabes una cosa, Marta? Todo el mundo habla de Jeza. Todos nosotros, quiero decir... José Taronjí, Es Mariné, Jacobo, tú... yo mismo. Pero, ¿cuándo habló él de sí mismo? ¿Qué sabemos de él, en realidad?

—Nadie existe más que él.

Su voz parecía salir de un letargo. Se tapó la cara con las manos, palpó sus párpados cerrados, como buscando los huecos de los ojos.

—Esto es lo que me atrevería a llamar misterioso... Al principio tuvimos algunas dificultades, pero Raúl en seguida se abrió camino, otra vez, y empezó una vida, absurda, si tú quieres, pero que a mí me gustaba. Me bastaba, al menos. Aunque hubiera de adormecerme, para seguir.

(Vivieron un tiempo en una pensión sucia, inhóspita y grande, de las Ramblas. Le gustaba abrir el postigo y ver el sol entre los pájaros y las ramas de los árboles.

Sobre las dos de la tarde solía despertar, con la cabeza pesada. Le dolían los ojos, iba a beber agua. Una gran sed la llenaba casi siempre, al salir del sueño. Raúl ya no estaba. Aunque se acostaba tarde sabía despertar temprano, si convenía. Tenía raras cualidades; esa, y saber morderse la lengua, el amor propio, el orgullo, la dignidad, cualquier cosa que fuera en su provecho.

—Hijita, el mundo es así: el pez grande se come al chico. Todo es válido, para no dejarse devorar. ¿Estás de acuerdo?

—De acuerdo —bostezaba.

—¿No querías vivir?

No sabía si la vida era aquello, pero le gustaba.

—Dionisia me quemó algo el terreno. Pero no te preocupes, saldremos adelante. Así empecé, antes de encontrarla. Ya verás, tú y yo solos, ahora.

Comían en un restaurante barato, el periódico desplegado delante de él. Le gustaba mucho hablar con el periódico extendido delante de la cara: *Por eso compra siempre periódicos grandes, para esconderse detrás cuando habla*, pensó ella.

Durante el primer mes, anduvieron de acá para allá. De la pensión de las Ramblas, pasaron a otra más modesta, de la calle Conde del Asalto. Raúl empezó a entrar en contacto con sus antiguos amigos. Por las noches, a partir de las siete, o las ocho, empezaban a beber. Ella iba encontrando gusto a la bebida.

—Tú puedes ayudarme —decía Raúl—. Eres guapa, aunque no seas lista. Una mujer guapa puede ser muy eficaz.

—Bueno.

—Pero no tomes iniciativas, porque no eres inteligente. Tú hazme caso, siempre. Si te dejas guiar por mí, todo irá bien.

—Como quieras.

Beber era bonito, porque todo adquiría una dimensión distinta. El mundo, los seres, las cosas, la ciudad. La ciudad era muy diferente, con algunas copas encima. La gente más divertida, más hermosa y sorprendente. Por la noche frecuentaba los lugares de acción de Raúl. Pequeños y oscuros cabarets del barrio, donde floristas, porteros, maitres, antiguos amigos de Raúl, extendían su red. Cuando hizo partes con Elena y Dionisia, Raúl levantó algún dinero.

—Con esto y mi ciencia, el principio.

Poco después montó el Consultorio, en la misma Plaza del Teatro. Un piso grande y polvoriento, de altísimas puertas pintadas de blanco, con cristales esmerilados. Las dos habitaciones que daban a la calle, servían de consultorio, y las de la parte trasera, de vivienda. Raúl compró muebles nuevos, tapizó el suelo de rojo, colgó cortinas en puertas y ventanas. Habitaciones opacas, agobiantes, contrastaban con el frío y desapacible Consultorio. A Raúl le gustaban los estilos recargados, que recordaban sus *Cuarteles*

Generales [como él llamaba al Excelsior, al Edén Concert]. El Consultorio estaba cerca de una casa de prostitución. Las chicas solían venir sobre las once de la mañana, de tres a cinco de la tarde. Por la noche permanecía abierto, con un gran desfile de clientes, hasta muy de madrugada. Como antes el Hotel, el Consultorio fue el escudo para reanudar, nuevamente, el tráfico de cocaína y morfina.

—Ves, Martita, todo se arregla —dijo Raúl, el día en que se instalaron en su nueva vivienda. El enfermero, Antoñito, era un hombre de mediana edad, espesos rizos de un negro sospechoso y profundos ojos tristes. Conocía a Raúl desde hacía tiempo.

—Desde los primeros tiempos. Don Raúl es muy bueno, siempre tuvo un corazón de oro para mí.

A veces alguna chica acudía a *hacer un angelito*, como decía Antoñito. Raúl pintó el Panhard de azul claro.

—Pero lo voy a cambiar por un Voisin —dijo—. Es más veloz.)

—Casi desde el primer día en que le vi, algo me llevó a él de una forma irremediable. Era como una fuerza irresistible, y yo me decía: *la vida, que yo tanto deseo y amo, que tan desesperadamente he buscado, está aquí ahora.*

(Del mismo modo como estoy ahora ante mi muerte. Pocas personas pueden contemplar fríamente, con serenidad, su propia muerte, como nosotros dos. Pero alguien lo sabrá, algún día: quizá mi propio hijo se preguntará la razón, y, tal vez, no sea inútil.)

—Todo en Jeza era así. Sabes una cosa, Manuel —rió levemente—: No había forma de escapar de él. Nadie podía entenderlo. Raúl menos que nadie, claro está. ¡Fueron tanto el uno para el otro! Los mismos proyectos, las mismas ilusiones... Raúl dijo, aquel día: *Ten en cuenta una cosa, Marta, Jeza te llevará a la muerte.* Yo era intrascendente, inculta, casi insensible. Pero sucedía con él algo especial: como si me hiciera distinguir por primera vez el sol y la sombra. Como si me pusiera de relieve, todas las cosas que aparecían opacas, hasta entonces. La verdad es que no hizo nada por atraerme, fui yo la que le seguí, por mi propia voluntad. Casi, contra la suya. La verdad, lo cierto, es que nunca sabré si me quiso, o simplemente me aceptó.

Las llamas morían, apenas se distinguía la silueta del muchacho, arrodillado aún, frente a la chimenea.

—Me acuerdo, fue como una absurda repetición. Primero mi madre, aquel día, cuando nos sorprendió a Raúl y a mí, diciendo: *Te matará, es como el fuego, quema todo lo que toca.* Y, luego, Raúl diciéndome: *Estás perdida si le sigues. Es como la muerte. Todo se lo lleva a la ruina, como la muerte, no puedes hacer eso, hay algo en vosotros dos que no liga, es como pretender unir el agua y el fuego. Créeme, eres tozuda y loca, te conozco bien, tendrás que arrepentirte...* Yo no podía decirle: No voy a arrepentirme de nada, porque es ahora, esto que hago ahora, un arrepentimiento, una expiación de algo que sin saberlo traicioné, yo, o alguien antes que yo. No se daba cuenta de que yo no elegía, es que no podía hacer otra cosa que lo que estaba haciendo.

—(Te molestaba mucho ir tan mal vestida, en San Juan, ¿verdad?

—Sí.

—Pues si eres buena y obediente, tendrás todo lo que quieras.

—Dicen que tengo muy mal gusto.

—Puede ser. Ya aprenderás. De momento no conseguí verte jamás bien peinada.

Se compró muchos vestidos, baratijas y bisutería. Raúl era generoso, y se envanecía de su belleza. Ella pareció crecer.

—Sabes qué te digo, me parece que estás más alta. Pero debieras beber menos. Creo que empieza a hacerte daño.

Era imposible dejar de beber. Sobre las siete empezaban los aperitivos, luego salían a cenar. Sobre todo, cuando venían los extranjeros. Raúl estaba asociado con Claude Rimole, un caballero muy educado y bien vestido. Tenía reservado un palquito en el Edén. Cuando Raúl y él pasaban cuentas, ella se aburría y bebía. Raúl era muy aficionado al champaña, pero a ella le gustaba más cualquier otra cosa. El champaña, el terciopelo rancio, los habanos, eran del gusto de Raúl. Casi siempre se acostaban al amanecer. Se despertaba al mediodía, la cabeza turbia, los ojos doloridos. Su ropa aparecía esparcida por el suelo, buscaba el timbre de la mesilla con los ojos aún cerrados. Martina, una mujer gorda, antigua actriz, sin cejas, que les hacía la limpieza del piso, le traía el desayuno a la cama. Algunas veces vomitaba. Estaba algo pálida, pero bonita.

—No hay nada que pueda contigo —decía Raúl—. Eres la mujer más guapa del mundo.

Pero, pronto, lo que temía, fue una certeza. Se lo dijo:

—Raúl, voy a tener un hijo.

—Estás bromeando.

Al principio, no la creyó. Luego, tuvo que convencerse.

—Está bien, no te preocupes, no es nada, no tengas miedo. Ten confianza en mí.

No tenía tiempo de recapacitar, ni de pensar. Un terror que nacía del vacío, crecía en ella.

—Pronto, Raúl, que sea muy pronto —dijo—. No lo puedo aguantar.

Como en un sueño, se sucedió todo. Las altas puertas blancas, el cristal esmerilado. *Este blanco sucio, este blanco de entierro de niño, he visto carrozas blancas con este blanco sucio y siniestro, odio el color blanco,* fue lo último que pensó, cuando Antoñito le acercó la mascarilla de éter. Luego, el girar de globos, la sucesión rápida del silencio, del gran vacío, el estruendo de un silencio espantoso en ella y fuera de ella.

Cuando abrió los ojos, el dolor ardía, era un gemido vivo. Volvió la cabeza y allí estaba, la cubeta horrible, con los sanguinolentos despojos. Mordió un grito, que no nacía en su garganta, sino que venía de muy remota zona, anterior a ella, a ellos, a todo lo que podía recordar o presentir, un grito como un salto hacia atrás, en el inmenso vacío.

—No llores —dijo Raúl—. Todo ha ido muy bien.

—No estoy llorando. — Y sintió una ira sorda y violenta, contra él: *pensar que estoy llorando, el muy idiota, pensar que estoy llorando.)*

—Yo conocí a Jeza en junio del año 35. Recuerdo que estuve enferma algunos días. Estaba agotada, bebía mucho, casi no comía, me había quedado muy delgada y Raúl dijo: *Deberíamos ir unos días a la playa, o a cualquier sitio por ahí. La verdad es que nunca vemos el sol.* Era verdad, de pronto me di cuenta de que, cuando el sol alumbraba, nunca estábamos despiertos. Éramos como las nutrias y las ratas, siempre en la oscuridad, y pensé que ni siquiera conocía el verdadero color de mi piel bajo el sol. Parecía que el sol fuera como un león, o como algún ídolo: había leído en alguna parte que en la antigüedad el sol era un ídolo feroz, al que habían de arrojar muchachas vivas, para alimentarle. O me lo había contado Dionisia. El caso es que, el sol, parecía un verdadero enemigo nuestro. Y como empezaba la primavera, nos fuimos a pasar unos días a un pueblecito de la costa. Cuando volvimos a casa, Jeza había llamado por teléfono a Raúl. Nunca le había visto. Acababa de llegar a la ciudad.

(Jeza dejó su teléfono. Martina lo apuntó, con cifras semejantes a insectos, trepando sobre el papel. Raúl se quedó muy serio.

—¿Cuándo llamó?

—Ayer, anteayer... Hoy, también.

Raúl estuvo paseando un rato, como cuando algo le preocupaba. En su mano temblaba el papel, con el número de teléfono. Lo arrolló, lo desenrolló.

—¿Algo malo? —dijo ella.

—No.

Al fin telefoneó, habló brevemente. Luego dijo:

—Esta noche no sé cuándo volveré, no me esperes.

Salió. Ella se sintió cansada, una vaga melancolía la llenaba. Acababa de pasar ocho días al sol, sólo al sol. Tendida en la arena, los ojos cerrados. No había bebido, dormía por las noches. Su piel tenía un tinte bronceado. Algo como una rara mezcla de tristeza y dulzura nacía en ella. *Qué cosa me ocurre, como si terminara algo, como si estuviera al borde de otra cosa, que aún no conozco.*

Cuando volvió Raúl, estaba acostada. No salió, ni siquiera para ir a cenar. Un cansancio débil, pero persistente la impedía dormir. Respiraba blandamente, mirada la oscuridad. Oyó la llave y la ranura de la puerta se encendió. Sonaban pasos, de Raúl y de alguien más. Dos voces unidas.

En la habitación de al lado se encendió la luz. Oyó hablar quedamente. Las pisadas de Raúl se aproximaron. Entró en la alcoba, y le oyó preguntar, suavemente:

—¿Duermes...?

—No, estoy despierta.

Raúl se aproximó, y encendió la lámpara de la mesilla. La pantalla rosada esparció una claridad pastosa. Raúl se sentó al borde de la cama. Algo había en su mirada, un fuego que nunca le viera antes. Dijo, sin más:

—¡Está loco!

Tenía los ojos hinchados. Le escuchó con una curiosidad nueva, como una rara sed de aprender algo, de conocer algo de él, o de quien fuera.

—¿Por qué ha venido?

—¡Ah, sus ideales! —rió—. Se necesita ser estúpido. No se da cuenta de que aquí el Partido tiene poco que hacer. Ha quedado totalmente rebasado por los del Bloque Obrero Campesino, la CNT y la FAI. Los trostkistas, los anarquistas, tienen líderes, han hecho una verdadera campaña revolucionaria, apoyan todos los movimientos de la clase obrera. El año pasado, cuando los sucesos de octubre, ¿recuerdas? Se negaron a participar: decían que la clase proletaria no tenía ningún interés en esa sublevación.

Asombrada, contempló el temblor de los labios de Raúl. No estaba segura de entenderle, pero se notaba, volcaba sobre sus palabras —como cuando asomaba medio cuerpo, con ansia, las trenzas colgando, hacia la Casa de los Negros—. *Quiero vivir*. Ahora también brotaba una oscura voz que decía: *Quiero saber por qué estos dos hombres se conmueven, uno a otro, por algo más que por vivir, por algo más que vivir así*. Se sentía débil, algo fallaba en ella; una sensación parecida al miedo se abría paso a través de la bruma, donde tan grato era envolverse. Dijo:

—¿Cómo sabes tú todas esas cosas? Nunca me habías hablado así.

De pronto había algo violento, casi salvaje, en la mirada de Raúl.

—¿Qué crees? ¿Que siempre he sido un canalla?

—No sé si lo eres. —Intentó sonreír, como a él le gustaba, cuando respondía diciéndole: *Me gustas porque no tienes cerebro, o corazón, o conciencia*—. En todo caso, no me parece grave.

—¿Crees que siempre fui así? No. Antes fui como él. Un día te enseñé donde nacimos y crecimos juntos, donde tuvimos tantos proyectos, tanta esperanza...

La palabra cayó pesadamente. *Tanta esperanza*, pensó. *Y yo, esperanza de qué, por qué, hacia qué*. Se envejecía, se enfermaba, se moría. Se podía sentir una aguda y feroz tristeza, un vacío inmenso, partiéndole a uno en dos. Así le estaba ocurriendo. Una tristeza dolorosa, que nada tenía que ver con la que le amaneció una vez, en una sórdida habitación del hotel de Fuenterrabía.

—No tiene nada que hacer. —Raúl se levantó, se sirvió una copa, y, con ella en la mano, volvió al borde de la cama—. Nada, ya se lo he dicho: *mira, deja todo esto. Aquí no hay sitio para ti.*

—¿Qué quiere hacer?

Se encogió de hombros, impaciente:

—Lo suyo. Atraer, observar, buscar elementos que puedan ser interesantes en caso de sublevación. ¡Que no cuente conmigo! Todo aquello acabó, hace tiempo. He recibido demasiados palos, la vida es corta para malgastarla en utopías. Que no cuente conmigo, ya se lo he dicho.

—¿Te ha pedido algo?

—¡No! —y había algo dolorido en su voz—. No, concretamente. ¡Nunca pide nada! Habla. Simplemente habla. Así me envenenó, en otro tiempo. ¡Ahora no!

—¿Pero, ahora creía contar contigo?

—Quizá...

Se quedó quieto, la boca abierta, los ojos súbitamente duros. La luz arrancaba un brillo cruel, casi dañino, al borde de su copa. Apagó la luz, y se echó, vestido, a su lado. Sintió su mano, acariciándole el brazo. Oía su respiración, y, de pronto, le pareció un extraño. Más que eso. Supo que era un extraño, que nada le unía a él, que todo lo de ellos dos había terminado. El gran vacío se hacía cada vez más ancho.

—¿Para qué desvelar cosas pasadas, para qué? Maldito sea, ¿a qué viene aquí, destripando recuerdos? Que se vaya, que se marche. Esto es impuro —rió, en voz bronca—. Impuro, para un hombre como él. ¿Por qué olfatear en la porquería? Que se marche. Yo ya no me acuerdo de nada, yo no soy ya el pequeño y dócil Raúl, envenenado por su integridad. ¡Fuera!... —renacía en él un dolor antiguo—. Todo queda ya muy viejo, muy lejano para mí —su voz casi tembló al añadir—: *El mundo va a cambiar.* ¡A cambiar! Sí, iba a cambiar porque dos pobres muchachos lo creían. A cambiar el hambre, la injusticia...

—¿Qué hambre? —preguntó, tímidamente.

Pero él no debió oírla, porque continuó:

—Porque dos niños soñaban. Dos pobres muchachos ridículos, estudiando tozudamente por las noches, trabajando como burros en la droguería del magnánimo tío Pablo, que se compadecía de los huérfanos de su pobre y estúpido hermano: dejándoles trabajar como bestias de carga durante el día, en una maloliente y fría tienda, dejándoles dormir en un cuchitril bajo el tejado, a cambio de un plato inmundo de patatas, de unos zapatos con suelas agujereadas... Ah, Marta, qué puedes saber tú de mí, de él... Qué puedes saber del hambre y de la pobreza. Estudiábamos por las noches, porque él lo decidió. Siempre él lo planeaba todo, lo marcaba, con sus malditas y venenosas palabras: *Va a cambiar el mundo, Raúl. Raúl, no hay que cambiar la vida, hay que cambiar el mundo...* ¡Sueños! La vida pasa pronto, los niños crecen. Pobre Jeza. Loco. Está loco.

Había un llanto en alguna parte, que nadie veía.

—Él compraba los libros, con el mezquino

sueldo. Éramos inteligentes, Marta, el mismo tío Pablo lo decía: *Demasiado inteligentes para mí. No os prohíbo que estudéis, si trabajáis durante el día, como buenos. Pero la bombilla no debe estar encendida después de las diez de la noche.* Comprábamos velas, nos turnábanos. En vísperas de exámenes, ¡qué insomnio, qué tozudez, qué voluntad! Cuando me dieron la beca, creímos que el mundo empezaba. El tío dijo: *Bueno, habrá que empezar a creer en vosotros...* Pero, al día siguiente, a trabajar otra vez. Bajar la escalera, la negra tienda. El sueño, como una pesadilla, como un fantasma. A veces yo no podía resistirlo: me caía. Él me daba con el codo, con el puño, él, él siempre, el duro, el inconmovible, como si no tuviera nervios, ni sangre, ni alma. Un día me llevó al patio, me metió la cabeza debajo de la pila: *Ya llegará nuestro tiempo* —dijo—. *Resiste.* ¡Nuestro tiempo! El mío, sí, llegó. Él era ya abogado. Acabé la carrera, ¿y qué? El tío había muerto, y la viuda no nos quería ver —imitó una voz chillona de mujer—: *Bastante hizo por vosotros. Os permitió estudiar una carrera, y os ayudó.* Bien. Una carrera. Raúl Zarco, médico. ¿Y qué? ¿Enterrarse en un pueblo mísero, dejar pasar la vida, el mundo que iba a cambiar...? Él era de otra pasta. Yo no. Yo soy un hombre, yo quería vivir. Vivir. La vida pasa pronto, Marta. Ya no estaba él a mi lado, envenenándome, envenenándome... No es un hombre, es una fiebre. Una fiebre devoradora, como la peste.

Escuchó su respiración agitada, junto al tic-tac del reloj. Súbitamente se enfureció:

—¿Y todo, para qué? ¿Para qué? Ahora mismo, tiene el terreno quemado. Se lo he dicho: *Moscú no hace caso, a Moscú no le interesamos, ellos están atravesando sus propios problemas.* Aquí, la escisión ha hecho mella, el Partido está en una situación durmiente, no "*muerde*". La escisión no le favorece.

—¿Qué va a hacer? —preguntó.

Todo era confuso, no entendía bien; pero algo se abría paso, entre la niebla.

—Oficialmente, estudiar el Derecho Foral Catalán. Sólo entre universitarios hallará eco. Las clases trabajadoras lo consideran anti-revolucionario. Con lo ocurrido el pasado octubre, y la represión que siguió, la clase obrera se vio vejada. Por culpa de un golpe mal preparado.

Recordó la barricada de la calle Mayor de Gracia, la Rosa Libertaria. Sintió frío, levantó la sábana hasta la barbilla y cerró los ojos.

—Calla —dijo—. Mañana ya me lo contarás.

Raúl empezó a desnudarse.

—Olvida esto. A ti no te deben preocupar estas cosas. De momento tendrás que aguantarlo unos días, con nosotros. Pero supongo que encontrará la casa que le conviene, lejos de aquí.

—¿Va a vivir con nosotros?

—Se lo he pedido —casi había miedo en sus palabras. *De él mismo, quizá*—. Se lo he pedido, le he dicho: *quédate aquí unos días, hasta que encuentres otra cosa mejor. Quédate un poco con nosotros, te lo ruego.*

Se volvió, con gesto rápido. Y dijo una cosa extraña:

—Yo le quiero, Marta. Aunque no me guste, no tengo más remedio que quererle.

—¿Quién es?

—¿No te lo he dicho? Es mi hermano.)

—Pero yo no lo vi hasta dos días después. Casi por casualidad.

(Jeza apareció, sorprendiéndola. Estaba allí, a su lado, y Raúl decía:

—No puedo estar contigo, lo siento. Compréndeme, la vida cambia, la vida marca de otra manera. Ahora ya es tarde, para retroceder. Lo siento, Jeza, sabes que te aprecio, sabes que te quiero bien. Pero las cosas son así.

Jeza apareció, entonces, a la luz, y, por primera vez, vio su cara. Los ojos, azules y brillantes, tenían algo frío y colérico a un tiempo.

La miró, de arriba abajo, y sintió un malestar vago, frágil, como la pequeña llama que surgió entre Jeza y ella, mientras Raúl le encendía el cigarrillo:

—¿No la conoces? —dijo Raúl, burlón—. Es mi hijita.

Jeza seguía mirándola, sin decir nada. Raúl le puso la mano sobre la cabeza:

—Crecidita, ¿no?

Sintió un golpe, dentro, y empezó a reírse con

los párpados medio cerrados, para que no pudiera verle nadie los ojos. La extraña sensación de un creciente eco en el vacío, iba abriéndose, como las ondas cuando alguien arroja una piedra en el agua quieta. Parecía que estaban en un lugar alto y abovedado, donde resonaba la voz, donde se esparcía el eco de algo, que no era una voz, sino, tal vez, una rara conciencia de las cosas: no de las personas, sino de los objetos. Abrió los ojos de nuevo, y Jeza seguía mirándola. Un mechón de su pelo, casi blanco, le caía sobre la ceja derecha. Un cabello lacio, suave, y sin embargo, rebelde.

—Bueno, di la verdad —dijo Raúl con los grandes dientes cerca—. Dile que me quieres mucho.

—No tengo ganas de reírme.

—¿Qué te pasa? —le cogió la barbilla, y entonces se dio cuenta; tantas y tantas veces la cogía así, duramente, levantándola hacia él, y diciendo: *esto es bueno, esto es malo*. Cuántas cosas le enseñó. *No hace falta que aprendas nada. Estás bien tal como eres. Me gustas así.* Lo único importante en el mundo era gustarle, parecerle bien a él. *Cuando sea vieja, me hará leña, como Strómboli haría pedazos al infeliz Pinocho.*

Sin despedirse, Jeza se fue.

—Es grosero —Raúl apuró la copa—. No se lo tengas en cuenta. No tiene la culpa. Nadie le enseñó a ser de otra forma.

—Pero tú eres su hermano —dijo tímidamente.

—Sí, ésa es la diferencia. Tampoco a mí me enseñaron nada. Todo lo aprendí yo solo, ¿sabes? Igual que tú.

Quedaba un residuo rojizo en el fondo de la copa, un rubí perdido, extraño.

—Los mismos planes, los mismos deseos... ¡Bah!, ¿para qué? La vida es corta y triste. Hay que apurarla. No se dará cuenta y la vida se le habrá echado encima, como un lobo.

—¿Y a ti no?

—También —rió—. Pero antes me habré llevado muy buena tajada. No creas, yo también tuve mis dudas. Él sigue igual. Siempre fue igual. Nunca vi a nadie más consecuente. Mientras que a mí la vida me enseñó a cambiar, a doblarme, a él no le ha servido de nada. Y no creas, lleva sus cicatrices. Pero no entiende, no aprende...

En aquel momento, Raúl pareció sobrecogido. Había un temblor nervioso en sus dedos.

—¿Vámonos?

La cogió por el brazo y salieron. La noche nacía suavemente.

—¿No tienes remordimientos? —dijo riéndose.

Un polvo blancuzco, raro, cubrió la acera, como una patina.

—No me gusta este sitio —dijo ella, súbitamente angustiada—. No me gusta nada. Vámonos de aquí, por favor. A cualquier parte.

—¿Por qué? No seas tonta. Ahora subes a casa, te emperifollas y nos vamos por ahí. Ya verás como cambias de opinión. No hay sitio en el mundo mejor que éste.

—No tengo ganas.

Estaba de mal humor. Y lo peor es que no tenía ganas de quedarse, ni de irse. Por primera vez empezó a entender los cambios de humor de su madre. *Esto es el hastío,* pensó. *Bueno, o quizá el principio de la sabiduría.* Bostezó, y otra vez tuvo ganas de reír.

—No tienes corazón —dijo Raúl—. Lo que más me gusta de ti es que no tienes corazón.

Nunca entendía lo que le decía. Le besó, y se dejó conducir blandamente.

Al día siguiente, Martina le trajo el desayuno, haciendo gestos extraños con los ojos y la boca.

—¿Qué te pasa?

—Ah, ¿no lo sabe usted? Es horrible. La hija del carnicero, esa chica con cara de ángel... ¿la recuerda?

—Yo qué sé. No conozco a nadie de por aquí.

—Bueno, tiene diecisiete años... Pues ya ve, tuvo un niño, hace tres o cuatro días, sin que nadie lo supiera. Nadie, ni su padre, ni sus hermanos ,lo habían descubierto. Pues, ha aparecido, esta mañana, descuartizado, metido en la cubeta de los desperdicios. Un hombre pasa todas las mañanas, con un carrito, y se lleva las grasas, los huesos, esas cosas: allí estaba el crío, a trozos, como un pollo...

—¡Cállate, cállate! —gritó. Un gran temblor la llenaba. Se tapó los oídos, pero el grito, aquel grito antiguo rodaba hacia ella, otra vez, desde algún oscuro lugar—. ¡Llévate esto, no tengo hambre!

—Ah, claro —la risa de Martina era amarga,

cruel. Recogió la bandeja. Pero volvió la cabeza y escupió:

—¡No quiere saberlo!... No quiere usted saber nada, ¿verdad? Pues, hijita, en la vida hay de todo. De todo. No sólo hay juergas y borracheras, en la vida. ¡Hay de todo!

Se tapó la cabeza con la sábana, cerró los ojos con fuerza.

No se levantó hasta cerca de las siete de la tarde. Estaba silenciosa.

—Estás muy rara —dijo Raúl—. ¿Te encuentras mal?

—No. Es que quiero estar sola.)

5

La primavera hervía bajo el cemento que cubría la tierra, las piedras, el césped organizado y comprimido de los parterres, los troncos entristecidos de los árboles. Un amordazado relámpago rodaba, amenazaba estallar y temblar. Algo empujaba la tierra de dentro afuera y los árboles, en el primer soplo del amanecer, se inundaban de una algarabía resplandeciente.

No tenía más noticia de él que la ranura de luz bajo su puerta, por la noche. El ligero roce de sus pisadas, bajando o subiendo las escaleras, la mudez oculta, que la mantenía en tensión, empujándola cada vez más a él. Las palabras torpes, la inquietud de Raúl, su propio vacío. Fue aquella noche en que vino de nuevo Claude Rimole, cuando ella dijo:

—No voy contigo, quiero quedarme sola. Tengo ganas de estar sola. Ya te lo dije —repitió.

Raúl la miró, inexpresivo.

—Quizá te convenga volver unos días a la playa.

El Consultorio olía espantosamente, la luz tililaba en los cristales esmerilados.

—Vámonos de aquí, Raúl, quiero ir a vivir a otra parte.

Raúl no contestó. De espaldas a ella, se miraba en el espejo. El pelo negro brillaba en su nuca. Se miraba atento, como escudriñándose.

—Volveré tarde —dijo.

La habitación de Jeza se abría frente a su alcoba.

Primero llamó con los nudillos, pero nadie contestó. Abrió la puerta, y le vio; como le vería después, tantas veces, a lo largo de su vida. Estaba sentado frente a sus papeles, en mangas de camisa y en la mano tenía un lápiz negro. La pequeña tulipa de vidrio esparcía una luz suave sobre su cabeza. El mechón sobre la frente, suave y rebelde, brillante, prematuramente blanco. Sólo era dos años mayor que Raúl. Sus ojos de un azul transparente, frío y fijo, la contemplaron.

—¿Es que te vas? —le preguntó.

Acababa de ver la maleta, con sus correas abrocadas, hinchada y panzuda, esperando, como un perro, contra la pared.

—Sí.

Apenas movió los labios, lo dijo más con el movimiento de la cabeza. Ella no conocía la timidez, pero en aquel momento se sentía casi muda, sus manos temblaban, y un frío extraño iba adueñándose de todo.

—¿Adónde? ¿No estás bien aquí?

Él dijo algo, pero no podía escucharle. Vagamente entendía una explicación breve. La mirada fija y quieta, desapasionada, sobre ella. Se sentó en el taburete, junto a él, a pesar de notar su impaciencia. Las cejas que se levantaban levemente, la mirada interrogadora.)

—La noche en que se iba de nuestra casa, fui a verle. Le dije: *¿Por qué te vas, no estás bien con nosotros?* No sé lo que me contestó, apenas lo recuerdo. Pero yo me quedé allí, no me podía apartar de él. Alguna cosa me sujetaba, algo que todavía no me ha abandonado —dijo Marta.

(Jeza era más bien alto, y, por el color de la piel y de los ojos, se notaba que fue rubio.

—¿Qué te pasa? —dijo.

De improviso, aquella pregunta arrolló todas las palabras, y se dijo a sí misma: *Es cierto, qué me pasa?*

—No lo sé —murmuró.

—¿Te encuentras enferma?

Decía tan pocas cosas inútiles, hablaba tan poco, a pesar de que Raúl dijera: *Sólo hace que hablar, no pide nada, hablar es lo suyo.* Y pensó:

No es que no hable, es que no malgasta su tiempo, ni sus palabras.

—No, no es enfermedad. Estoy inquieta. Me gustaría salir a alguna parte que no fuera el Edén Concert, o el Excelsior... a alguna parte donde no se beba ese horrible champaña que le gusta a Raúl, ni se hable siempre de las mismas cosas.

Se llevó la mano a la frente, y notó que algo humedecía sus palmas.

—Bueno —intentó sonreír—. Quizá lo único que pasa es que estoy cansada.

—¿No quieres irte a dormir?

Su voz la sorprendió. No había en ella sequedad, ni siquiera interés. Era sólo una pregunta. Al decirlo se frotó levemente el entrecejo con el índice. Un gesto que, luego, sería tan familiar para ella. Dejó el lápiz sobre la mesa. Sólo su mirada era un punto asible.

—No, no puedo dormir. ¿No quieres ir a dar una vuelta, conmigo?

—¿Ahora? ¿No es tarde?

—No. ¿Tarde para qué?

Sólo entonces, él sonrió. Se levantó, fue a por su chaqueta, que colgaba del respaldo de la silla, y se la echó sobre un hombro, como un campesino. La miraba, como esperando algo.

—Bueno, vamos —dijo—. También yo estoy cansado.

Se llevó la mano al cuello, para ajustarse la corbata, que pendía, floja. Y entonces se sintió prendida de aquella mano, atada a aquella mano. Algo le oprimía la garganta, una pregunta, estúpida, se abría paso entre ella y el mundo. *¿Qué estoy haciendo, por qué vivo, qué ocurre a mi alrededor, y en mí? ¿Por qué yo no amo a nadie?*

—¿Quieres andar? —dijo él.

—Sí, eso es, andar. Caminar mucho rato.

Iba a su lado, sin mirarla, pero lo sentía muy próximo. Acomodó sus pasos a los de él y se cogió de su brazo. Él dobló ligeramente el codo. No era rígido, pero no había en él ninguna blandura. Bajo la suave presión de sus dedos, notó que podía ser de una dureza aterradora.

Se paró, sin atreverse a volver la cabeza, ni mirarle.

—¿Qué te pasa?

No contestó. Estaba sobrecogida. Por un momento tuvo deseos de retroceder, de regresar y ocultarse, hundirse y aturdirse de nuevo en el espeso mundo de terciopelo rojo de Raúl, con su perfume de violetas y alcohol; la alcoba, la sala brumosa del Excelsior, el palco del Edén Concert, donde el mundo se hundía en una cortina de algas y humo. Olvido, inconsciencia; ya ni siquiera sentía curiosidad. El vacío esperaba, otra vez: *Ya sé lo que me aguarda, lo estoy presintiendo, voy a conocer algo que tal vez no deseo saber,* gritaba la voz que de un tiempo acá se abría paso en ella, que recorría las paredes de su conciencia, como un niño perdido en una casa oscura y abandonada.

—¿Quieres volver a casa?

Le extrañó no notar siquiera impaciencia en su tono. *He ido a importunarle, apenas le co-*

nozco, no tengo ningún derecho, sólo por ser la amiga de su hermano, a inmiscuirme en su tiempo. Él la atendía, ni con paciencia, ni con afecto, ni siquiera con piedad. *Estoy segura de que no conoce la piedad, nunca diría de él Antoñito que tiene un corazón de oro, acaso ni siquiera tiene corazón, todo él es demasiado real, demasiado cierto en esta niebla, parece como un árbol, puede servir de guía o puede uno estrellarse contra él, es algo así como un muro, o ese mar liso y terrible que a veces aterra, y no se puede ni mirar.*

—No, no quiero volver. Sabes, últimamente bebo demasiado —intentó dar un tono de broma a su voz.

Pero él la miraba sin sonreír. Aguardaba sus palabras, simplemente. *Ni siquiera siente curiosidad, es como si no tuviera sangre.* Y sin embargo allí estaba la curva de sus labios, cálida, humana. El brazo, vivo, bajo sus dedos.

—Si no te molesta —dijo, precipitadamente, como deseando alejar lo que se abría paso, como un viento—, podríamos ir hacia el mar.

—¿Hacia el mar? Muy bien.

Lo dijo suavemente, casi con dulzura. Entonces pasó la mano bajo el brazo de ella, la atrajo hacia él, y notó su costado pegado al suyo, y una rara noción de equilibrio entre sus dos cuerpos *Nada anguloso, ni torpe,* se dijo, *ésta es la palabra: resulta cómodo.* La idea le hizo gracia, se volvió a mirarle. Pero él seguía callado, lejano. Andaba a su lado: solamente caminaba junto a ella.

Dejaban atrás las Ramblas. Allí terminaban los árboles, donde los pájaros gritaban en las madrugadas.

—Si te cansas, podemos coger un taxi.

—No, prefiero andar.

Andar, caminar y no parar, es quizá lo único que deseo. Entonces, él hizo una pregunta inesperada:

—¿Cómo te llamas?

Ni siquiera lo recuerda. Raúl se lo dijo, y él ni siquiera lo recuerda. Tuvo que repetirlo dos veces. No hablaron más, no recordó luego haberle oído decir nada más, hasta que llegaron allí. Hasta que estuvo de pronto allí, de un modo tan extraño, casi sonambúlico. *Porque avanzamos torpemente por un río con márgenes de rostros, de pensamientos, márgenes de hombres y mujeres y muchachos, sillas tantas veces vistas. A los lados de la calzada, como esos trenes de mentira fabricados por los niños, esperan las sillas de la calle.* Eran sillas polvorientas, alguna anunciando un aperitivo, o cualquier otra cosa amable y vana. Cuando brillaba el sol quizás albergaban charloteos de niños, o de viejos, miradas errabundas o placenteras, tal vez alguna vaga tristeza púdicamente recogida. Nada indicaría, a la luz del sol o a la penumbra de la tarde, que pudiera refugiarse allí un oculto latido de miedo, desesperación o simple desamparo. Cruzaban las sombras errantes de los pájaros, caía la sombra de las ramas, el verde balanceo de las hojas empujadas por el viento: el calor y el polvo se levantarían del asfalto, dentro de un mes, dos, apenas, y el ruido de la calle, sofocaría, mataría cualquier dolor escondido, o simplemente, cualquier vacío, como el que ella sentía. *Sólo hay cuerpos de hombres y mujeres,* intentó razonarse, angustiada, ahogada en el gran vacío, *escasos o abarrotados cuerpos, que miran pasar a otros hombres y a otras mujeres, que descansan...* Pero estaban en la noche, avanzada; y en la madrugada en que ella se debatía, todo cambiaba, y acaso todo cabía. *Viejos y jóvenes, vagabundos seres solitarios. Descanso, melancolía, miedo, hambre,* pensó. *Tranquilo o doloroso refugio.* Iban delimitándose los bordes de la calle, aparecían los cuerpos, como arrojados por la noche, a sus dos orillas. Igual que tras la resaca aparecían en la arena restos de barcos naufragados, algas muertas, estrellas de mar que perdieron su brillo, misteriosas conchas vacías. *Nunca se sabe cuando aparece el primero,* se dijo. Poco a poco, como las frías estrellas de un cielo invernal. Los cuerpos se volvían raramente transparentes. *Ya no son cuerpos que oculten y guarden cosas, como cajas cerradas. En el silencio, cuando todas las palabras y las sonrientes mentiras han huido, igual que pájaros, hacia un sueño poblado de altas ramas donde al fin poder ocultarse, vaga mi vacío, el fracaso, la esperanza, acaso esto que llamamos el corazón; es como un parpadeo de mariposas que tiemblan desnudas en la noche, frente a la indiferencia; un hombre dormido, con medio cuerpo doblado, los omoplatos marcándose bajo la delgada cha-*

queta, como la cruz de un viejo caballo vencido; el dormir avisado, puesto en guardia de un viejo con camisa de mangas muy cortas, la nuca gris, vencida como un anticipo de la muerte que se acerca; la mujer derrumbada, las manos vacías sobre el regazo; el solitario en vela, sumido en un sueño más lejano, con los ojos abiertos, refugiado como yo misma ahora, en algún remoto país de la memoria, presente y ausente, siempre lejos. Seguía andando, sonámbulica, no sabía si adormecida o despertando. Por el centro de la calzada la vida y la noche fluían, y en las orillas —igual que aquellas plantas de las márgenes del río, que, siendo niña, imaginara venenosas— brotaban tristes y oscuras siluetas, gestos de un mundo cierto y patético, *indiferencia, esperanza o claudicación.* Como a trasluz de las espaldas, de los pechos inmóviles o de las cabezas, creía ver un retablo abigarrado, cabalístico o diáfano. El cansancio, la soledad, la lucha o el abandono. El manar de la vida, como una fuente o una arteria aprisionada, rebelde, que deseara saltar, rota, a través de la piel del mundo. *Quizá no es silencio lo que hay dentro de mí, sino un grandioso estruendo que ni siquiera percibo,* se dijo, con un estremecimiento. Apretó con fuerza aquel brazo, como un náufrago, y su propio miedo la hizo decir:

—No me gusta vivir.

Lo dijo sin darse cuenta. Estaban ya junto a la playa. Otra imagen venía a su recuerdo. *Como en aquella noche, en aquella otra ocasión, en San*

Juan, con Raúl, también fui a la playa. Y qué distinto todo. *Entonces, también tenía las sandalias* —ahora eran unos zapatos de mujer, con alto e incómodo, absurdo, tacón rojo— *llenas de arena.* Se inclinó, sentía una torpeza incierta, algo como la oscura e inexplicable vergüenza de alguna culpabilidad no definida. Se quitó los zapatos, vació, y él la sujetó con más fuerza por el brazo.

Se dejó caer de rodillas, sintiendo la humedad grasienta, sucia, de la arena. Un viento leve movía su cabello y cerró los ojos. El olor de la playa brotaba del suelo, se sentía en el aire. El viento era pegajoso sobre la piel. Abrió los párpados y vio que desaparecía la noche. No llegaba el día, pero, la noche se doraba pálidamente; llegaba un blanco, diáfano y terrible, más adivinado que real, brillaban infinidad de menudos cristales en la arena. *Este blanco me es conocido, me aterra, es el blanco de los muertos.* Como una manada de inciertos animales, que avanzaran y retrocedieran, el mar mugía, sin atreverse del todo a embestir, *amenazando, amenazando, con alguna terrible profecía. Como el sordo lamento del mundo, al que vivo vuelta de espaldas.*

Las siluetas de las barcas se recortaron en la claridad. Él estaba a su lado, también arrodillado sobre la arena, mirándola. Repitió:

—No me gusta vivir.

—Pero —dijo él, sin irritación, ni asombro. Sólo dijo—: ¿cómo va a gustarte o no gustarte, si no sabes lo que es?

Por segunda vez, le vio sonreír. Era sorprendente su sonrisa, casi infantil. Dijo:

—Prueba a pensar un poco en la vida de los demás. Acaso eso te sirva.

—Sí quiero —dijo ella, en voz muy baja—. No soy inteligente, todo el mundo me lo ha dicho siempre, no sirvo para gran cosa. Pero nunca me había dolido, hasta ahora.

Él le tendió la mano, por primera vez. Ella, con gesto precipitado, la retuvo entre las suyas.

Los perfiles, las siluetas, se aclaraban a su alrededor. El chiringuito de las bebidas cerrado, con los cristales tapados por maderas. La luz se vertía cielo arriba, como un líquido sobre una superficie lisa.

De la oscuridad, a sus espaldas, nacían las fachadas sucias, la basura, las manchas más claras de la ropa tendida. Enfrente, la masa de la costa, como un monstruo dormido, con sus luces apagadas. Por el cielo huían espesas nubes.

Un hombre encorvado iba de acá para allá, persiguiendo papeles empujados por el viento. Llevaba un gancho en la mano, atrapaba el papel como si fuera un pez, y lo metía en un saco. Se alejó, playa adelante. Desapareció en la neblina. Oyeron el roce de unas pisadas. Un animal nocturno, una criatura, niño o niña, no podía precisarse, con una cesta llena de vasos y una botella negra, les ofrecía bebida.)

—No pude dejarle nunca.

(—¿Adónde irás?

—Encontré una casita, en la carretera de Pedralbes.

No sé nada de él, ni si tiene mujer, o hijos o algo que le complique la vida, aparte sus extrañas ideas, como dice Raúl. Apenas lo que Raúl me ha contado de cuando eran dos muchachos.

Él seguía siendo un muchacho, el mismo de entonces. No como todos ellos, que al crecer se perdían a sí mismos definitivamente, y se contemplaban, como tristes enanillos, al final de un remoto camino. No, él era el mismo aún. No perdía nada, no recuperaba nada, siempre sería igual. *Así va, como una flecha, hasta la muerte,* pensó con un estremecido presentimiento. *Esto que siento es amor, pero el amor no es lo más importante entre él y yo.*

Cuando entraron en el piso, todo estaba en silencio. El Consultorio cerrado, la luz blanquecina, como resplandor de lluvia, reverberaba en el cristal esmerilado. Odiaba aquellas altas puertas, el terrible olor, mal sofocado por el perfume de violetas de Raúl. Odiaba el mundo blanco y sucio, el mundo rojo y macizo, espeso y turbio. Raúl no había llegado.

Entonces salió de la alcoba, cruzó el pequeño pasillo, abrió la habitación de Jeza. Entró, cerró la puerta suavemente tras su espalda, con el convencimiento de estar cerrando odio, vacío, asco tal vez, detrás de sí. Sólo existía un gran interrogante, una gran sed, frente a ella. Jeza la miraba, en silencio. Se acercó a él, se levantó sobre las puntas de los pies, le rodeó con los brazos y le besó.

Cuando despertó, era ya muy entrada la mañana. La cama aparecía vacía, a su lado. Jeza ya no estaba. *Raúl*, se dijo. Pero no sintió miedo, sólo una débil zozobra. Saltó de la cama y, entonces, al volver los ojos en derredor y contemplar el gran vacío de la habitación, el corazón le dio un vuelco. Un pequeño rectángulo de papel, blanco, como una diminuta vela, resaltaba en la mesa. Lo cogió precipitadamente: había escrito solamente una dirección. Apretó el papel entre los dedos, lo arrugó, lo acercó a su cara. *Ya no hay remedio.*

Cruzó la puerta. La alcoba permanecía cerrada. Entró. Raúl dormía. La enmarañada cabeza, la cara contra la almohada, como tenía por costumbre. Pasó al baño, abrió los grifos con ansia casi infantil. Se duchó. En todo había una lentitud extraña. Una despaciosa seguridad. Algo, en todo, como un resplandor, nuevo, ineludible. Un pesado y cierto fatalismo, en todas las cosas y objetos, hasta en los menores de sus gestos. En la mano que se tendía, en sus pisadas, en su misma respiración.

Raúl apareció en el marco de la puerta:

—¿Dónde has estado?

No había violencia, ni ira, ni celos, en su voz. Sólo un fatal sonido. Estaba despeinado, aún prendido en la oscura bruma del sueño. *Terriblemente humano y triste*, pensó.

Fue a cruzar la puerta, pero la mano de Raúl la retuvo con fuerza.

—¿Dónde? —insistió.

—Con Jeza.

La soltó, como si quemara. Raúl dio un paso atrás, y sus ojos parecieron despertar, casi dolorosamente.

—No está mal —dijo, y trató de sonreír. Pero sólo era una mueca cansada, morosa, lo que curvaba sus labios—. No estaría mal pensado, que fueras tú quien le hiciera cambiar. Sí, la verdad, me gustaría. Te daré un premio, si lo consigues. ¡El gran muro, resquebrajándose por una hormiguita como tú! No se me hubiera ocurrido nunca.

Otra vez, intentó retenerla, por el brazo. Ella se desprendió suavemente. Fue al armario, sacó la pequeña maleta, la misma que llevara días pasados a la playa.

Quizás había estupor en los ojos de Raúl, pero ella no le miraba.

—¿Qué haces? ¿Adónde vas?

—Me voy con él.

—¿Con él?

Bruscamente empezó a reírse. Se sentó al borde de la cama, pasándose la mano por la frente. Su piel morena brillaba. Estaba descalzo, y, de nuevo, como un golpe, aquellos pies desnudos eran los del animal desconocido y terrible, pisando sobre el mundo, llenándola de pavor. Sintió el deseo súbito de abrazarse a aquellas piernas, de gritar: *Sálvame, Raúl, sálvame de este abismo hacia el que camino, recupérame, déjame enredar en el mundo que tú pisas, que vas hollando tú, rescátame.* Pero la voz de Raúl devolvió la calma:

—Estás loca, Marta, ¿con él? ¿Sabes acaso quién es él? ¡No me dirás que te lo ha pedido!

—No.

—Ni te ha dicho que te quiere, o cualquier cosa de ésas. Él no dice nunca cosas así.

—No.

Tal como le oyera en otra ocasión, repitió, como un pálido eco:

—Él nunca pide nada.

Raúl se puso de pie:

—Te destrozará. Eso es lo que hará contigo. Te destrozará, no es humano. Es algo que no se puede explicar, siquiera. Va a aniquilarte, como estuvo a punto de hacer conmigo. Es la muerte, te llevará a la muerte.

Su voz sonó lúgubre, y él mismo pareció asombrado de aquel tono. Parpadeó de prisa, y añadió, casi paternalmente:

—Mira, Marta, no os veo. No os veo. Es como querer juntar el agua y el fuego... ¡No os veo, la verdad!

Pero sabía que era inútil cuanto dijese, y se sentó, cansado, apático, con las manos caídas sobre las rodillas.

Ella acabó de cerrar su maleta. Se volvió. Él no la mirada.

—Adiós, Raúl —dijo.

Oyó el chirriar de la puerta, a sus espaldas.)

6

El crujido de los escalones ascendió del pequeño sótano. La sombra avanzó, también, pared arriba, extrañamente alargada, como estirada por sus dos extremos; duplicada, triplicada. Había grandes desconchados en la pared. (Toda la casa, llena de ruina y desolación.) La pared trasera del edificio estaba quemada. A juzgar por las manchas negruzcas de los mosaicos, hicieron fuego en el suelo. Convirtieron en leña los postigos de las ventanas, algunos de los muebles. (La casa desnuda como un muerto, los ojos abiertos y sin párpados, llena aún de todo lo que no sé si debo amar u olvidar.)

Marta se asió al respaldo del viejo diván. La tapicería estaba manchada, rota, como llena de cuchilladas. Antes que a Esteban, cobijó avalanchas de refugiados del sur. Luego, sucesivamente, fue almacén, depósito, oficinas. (Y, Jeza, tu sombra, tu extraño resplandor, va de un lado a otro, cruza el marco de las puertas, como un grito. Aún como una voz, clamando por algo, por algo que yo nunca logré entender. Siempre quise comprenderte, pero sólo supe seguirte. Ahora, quizá, podré saber. Yo también clamo, pero por cosas ínfimas, por algo tan simple como el llanto solitario de un niño, carretera adelante.)

La sombra ascendía despacio. Era un muchacho, sólo un muchacho que no iba a cumplir nunca diecinueve años, quien subía la escalera, reposado como un anciano. Tantas veces, en los últimos días, le vio subir así, con las latas de conserva, los platos, sonriendo casi alegremente, diciendo: *No tengas miedo, aún queda abajo mucho. Tenemos comida de sobra.* Comía como un niño, con buen apetito, y reía, y señalaba con su poderosa mano de hombre —sólo sus manos eran de hombre—, la ventana, el sol, los árboles desnudos del jardín. Decía: *Hoy tendremos un día bueno, lo noto. O: Quizá llueva, vamos a cerrar la ventana, habrá tormenta.* Recuperaba, tal vez, la tierna e intranscendente alegría de los niños; iba por el jardín, y con sus manos de fraile hortelano arrancaba las malas hierbas, enderezaba la puerta mal encajada, o restauraba la silla desencolada, bromeando: *ésta sí parece haber ido a la guerra.* (Un niño, como recién nacido a la muerte, pobre muchacho, todo parece nacer y morir en él.) preparaba la comida: abría las latas de conserva, minuciosamente, mordiéndose la lengua.

Una gran compasión y un gran miedo unidos la paralizaban ahora, allí, viendo ascender la sombra en la pared. Miró sus propias manos contra el respaldo del diván, y le parecieron dos aterrados y fríos animales. (Para que exista una sombra debe existir también un cuerpo, en este caso, con arterias, sangre, vida. Con miedo, acaso. La vida y el miedo son frágiles como vidrio; frágil y duro, violento y frágil como el agua, como un torrente, con la luz poderosa y blanca del agua cayendo desde muy alto a la tierra, hacia algún mar donde se confunden los ríos y los pozos y toda la amarga sal del mundo; así, asciende, como asciende el mar, también.) La sombra se paralizó, y el cuerpo surgió, como un tronco que flota en la oscuridad del agua. (Nunca me di cuenta de lo alto que es.) En sus manos, el arma tenía un peso negro y concreto.

—Ven —dijo Manuel.

Ella obedeció. Hasta aquel momento, fue ella quien empujó la huida, la llegada, la espera. Ahora, la muerte la conducía él (son los muchachos, irreductibles y silenciosos, los extraños muchachos, como la fiebre, como una fiebre, los que dicen *Resiste*, los que dicen: *ven, ya no podemos retroceder. No era un hombre, no es un hombre, es una fiebre*). Lo miró, como si fuera la primera vez que lo veía. El cabello, de un oro cobrizo, ensortijándose en la nuca, la piel dorada, los grandes ojos.

Le siguió, afuera. La puerta golpeó extrañamente a su espalda. (Nunca más cruzaré ese umbral, ni oiré el gemido de esos goznes, ni veré mi sombra en el suelo.) El sol, un oro pálido, huidizo, relucía sobre las dañinas lanzas de la verja. De la bruma de la carretera, en la curva misma, nacían destellos, ecos. Un sonido, repetido, opaco, como un golpeteo (es el eco de la tierra, porque también la tierra clama, en su silencio).

Allí estaba el seto, el muro de piedras, la verja de hierro. Se arrodilló. El naranjero, en sus manos, se mantenía sin temblor. Durante cinco días seguidos, abajo, en el sótano, oyó sus disparos. Todos los días, todas las tardes, vio las huellas de las balas, en la pared (no tiene buena puntería). Se dejó caer a su lado, apoyó la cabeza en los hierros y cerró los ojos.

En la carretera, un perrillo flaco, corría. Su ladrido se perdía hacia la ladera de la montaña. De pronto vaciló, se paró en seco. Luego retrocedió, le vieron pasar raudo, las orejas tirantes y la lengua colgando.

Entre la neblina, en la curva de la carretera, la tanqueta se dibujó. Las figuras laterales tomaron cuerpo, a su vez, aproximadas a los árboles, ligeramente huidizas. Manuel levantó el naranjero y lo apoyó al borde del muro. Las siluetas de los soldados se hicieron más concretas. Cuando el más cercano se perfiló netamente, Manuel apretó el gatillo.

Los primeros disparos alcanzaron al soldado, de lleno. Le vio vacilar, caer. El segundo huyó tras el árbol más próximo. Cojeaba.

La tanqueta estaba ahora cerca, tanto, que su panza era como un animal próximo, casi familiar.

(Un solo instante de silencio y creo oír la hierba, los detemplados gritos de los pájaros, el roce de las lagartijas contra la pared, el manar del agua, debajo de la tierra; creo oír el mudo gemir del mundo bajo mis rodillas, un solo minuto de silencio basta para oír esto.)

Saltaron, en el polvo oscuros grumos de tierra, piedras. El muro se derrumbó, con un trozo de verja. En la bruma, el seto humeaba. Un grito, dos, alguna orden no conocida resonaba. Los cristales de las ventanas saltaron, en pedazos, hacia el aire. El último sol recogía su fulgor.

Tres soldados avanzaron, disparando aún. Únicamente el silencio respondía. Sortearon el seto. Pero de allí sólo nacía el humo. Los cristales rotos crujieron, bajo las suelas de las botas.

El primer soldado se acercó al montón de piedras, bajo la verja hundida. Se agachó.

—Un hombre y una mujer —se dijo—. ¡Hay que estar loco!

Retrocedió, levantó la mano y la movió en el aire. Luego, con su antebrazo sucio, cansado, se secó el sudor de la frente.

Barcelona, octubre, 1963.

ÍNDICE